信者ゼロの女神サマと始める異世界攻略
Clear the world like a game with the zero believer goddess
竜に呑まれし水の街
5
大崎アイル Isle Osaki
(illust) Tam-U
ノア
エイル
「はろー、マコ〜ん☆」
「ちょ、ちょっと！　やめなさいって！」
JN109425

「ただいま、帰りました。マリーさん」
マコト
「おかえり！」
マリー

「よぉ、マコト！
ちょっと会わねぇ間にまさか勇者になるとはな！」
ルーカス
マッカレンの冒険者ギルドにて――

部屋の中には護衛がおらず、上品なドレスに身を包んだ女性が一人で座っていた。
エステル
「水の国の勇者高月マコト。
あなたに一つ、頼みがあります」

信者ゼロの女神サマと始める異世界攻略

5. 竜に呑まれし水の街

大崎アイル

OVERLAP

5. the city of water "Mcallen" attacked by the dragon

CONTENTS

イラスト／Tam-U

プロローグ　水の女神の神託

——このままだと水の国《ローゼス》が滅んじゃうの

金色《こんじき》の瞳を妖しく輝かせ微笑《ほほえ》むソフィア王女——に降臨した水の女神《エイル》様。

その口から恐ろしい言葉が飛び出した。

「一体、何が起きるんですか？」

俺は水の国《ローゼス》を護《まも》る女神様に問うた。

「それがねぇ……私にもわからないの」

「水の女神《エイル》様が……、ですか？」

神様でもわからないことが、この世にあるんだろうか？

「勿論《もちろん》そうよ。女神は万能じゃないもの。それともマコくんは、女神は完璧だと思う？」

そう言われて、俺は自分の信じる女神《ノア》様のことを思い浮かべた。

短剣の鑑定から邪神とバレて、土下座していたことを思い出す。

「……完璧でも無いですね」

「でしょ？　だから、マコくんにはそれを調べて欲しいの。それからこの話は、ソフィアちゃんやレオくんが不安になっちゃうから、まだ秘密ね」

「はぁ……」ソフィア王女にも秘密？

「水の女神《わたし》とマコくんだけの秘密☆」

意味深な言い方をして、ふっと瞳の色が金色《こんじき》から元の色に戻った。

「あ、あら……私、寝ぼけていましたか……」

青い瞳と、少しぼんやりとした無表情。そしていつものソフィア王女の口調だ。

「勇者マコト……？　何かありましたか？」

……滅びの神託か。大変なことになった。が、それを口に出すわけにはいかない。

「いえ、そろそろ戻りましょうか」

俺は不安を表情に出さず、ソフィア王女に笑顔を向けた。

「私はもう少し一緒に居ても……」

「はーい、戻りますよー」

「むぅ」

拗《す》ねるソフィア王女をなだめながら、これからのことを考えた。

太陽の国《ハイランド》の危機は脱したが、どうやらあまりのんびりはできないらしい。

一章　高月マコトは、水の街に戻る

西の大陸において最大の都市、王都シンフォニアが遠ざかっていく。

離れてもなお巨大なハイランド城は、その雄大な姿を晒《さら》している。

「マジでっかいな、あの城」

俺がそれをぼーっと眺めていたら、隣から声が聞こえた。

「ほんと、忌々しい城ね」

フリアエさんの声だった。彼女はハイランド城がお嫌いらしい。

それとも太陽《ハイランド》の国自体が嫌いなのか。きっと両方だろう。

フリアエさんの長い髪が風にたなびいているのを、俺は眺めた。

俺の視線に気づいたのか、彼女はこちらに振り向いた。

「ねぇ、私の騎士。これから行くマッカレンってどんな街なの？」

「えっと、どんなと言われても、普通の田舎街だけど……」

何から説明しようかなーと、考えていると「マコト！　見て！」「高月《たかつき》くん！　上！」

ルーシーとさーさんの緊迫した声が聞こえた。

同時に、頭上を大きな影が通り過ぎる。巨大な翼の影だ。

（何だ？　飛竜《ワイバーン》？）

シュタッ！　と何者かが、飛空船に飛び降りた。

輝く金髪に、ギラギラとした黄金の鎧《よろい》。群青の瞳に鋭い眼《め》つき。

「おい、水の国《ローゼス》の勇者！　何でそんなに急いで帰るんだ！　あぁ？」

稲妻の勇者ジェラルドさんだった。飛空船の上を、立派な飛竜《ワイバーン》が旋回している。

「仕事が終わったんで、家に帰りますよ」

俺が答えると、ひくっと、ジェラさんの眉間に皺《しわ》が寄った。

「勝ち逃げか……、おい、火の国《グレイトキース》の武道大会か、御前試合で再試合だ。次は俺が勝つ！」

「…………」

ええ～、再戦するの？　嫌だなぁ。何とか再戦を回避したいなー。

俺は返事をせず少し考えた末、言った。

「どうせなら来年の北征計画で、魔王を沢山倒せたほうが勝ちにしましょう」

「……あ？」

凄《すご》い顔で睨《にら》まれた。が、少し考える様子を見せ、納得した顔に変わった。

「わかった。それでいい」

そう言って飛竜《ワイバーン》に飛び乗り帰っていった。よかった、説得できたらしい。

「マコト、あんなこと言ってよかったの？」

「高月くん、魔王って一人で倒せるの？」

ルーシーとさーさんが、心配げに聞いてきた。

「いいんだよ、再戦を回避できれば何でも」

もう痛いのはこりごりです。そんなことより、俺は水の大精霊《ウンディーネ》と修行したい。

だけどあれ以来、一回も呼べてないんだよなぁ……。女神様に相談しようかな。

「高月様、稲妻の勇者様と親しいのですカ？」

「わざわざ追ってきたのでしょうか？」

ニナさんとクリスさんは、突然やってきてすぐに帰っていったジェラさんが去った方向を不思議そうに見ていた。

「どうやらタッキー殿を見送りに来たようですぞ」

ふじやんが、ぼそっと言った。『読心』してくれたらしい。

「そうなの？」

あれってツンデレなのか？　男のツンデレとか要らないですね。

それからしばらくは、平穏な空の旅が続いた。

「これが飛空船からの景色……」

フリアエさんは、飽きることなく流れる外の景色を眺めている。

「飛空船は初めて？」

俺はフリアエさんの隣に並んで話しかけた。

「ずっと月の国《ラフイロイグ》の跡地で生まれ育ったから……。国の外に出たのは、太陽の国《ハイランド》に無理やり連れて来られたのが初めてよ」

その横顔は憂いを帯びている。やっぱり自分の居た国に帰りたいんだろうか？

でも、月の国《ラフイロイグ》の跡地は治安が最悪らしいので、帰ってどうぞ、とはいかない。

そんなことを考えていたら、聞き返された。

「ねぇ、私の騎士。あなたの生まれた国はどんなところだったの？」

「俺？」

東京のことを説明するのか。こっちの世界の人に説明するのは、難しいな。

「ハイランド城の三倍くらい高い建物がぼこぼこ建ってて、でっかい鉄の塊がそこら中を走り回ってるよ。あとは、地上を走る何百人も乗れる馬車で、死んだ目をした大人が毎日通勤してるかな」

「……リョウスケから聞いた話と大分違うわね」

フリアエさんは、可愛《かわい》らしく首をかしげている。

「桜井《さくらい》くんは、何て言ってたの？」

「魔物が居なくて、平和で、種族差別で殺される事が無いって」

「……そうかな？」

「違うの？　平和な世界だって聞いたけど」

戦争は無くても紛争はあるし、種族差別は無くても人種差別はある。あと魔法が無くて、冒険ができなくて、俺的には割と退屈だったよ、ってな話をした。

「違うよ。高月くん！　東京はスイーツがいっぱい食べれる場所だよ」

さーさんが会話に割り込んできた。さーさんは、こっちの世界の甘味が物足りないらしい。砂糖は高級品だからね、仕方ないね。

「そういえば、あなたも異世界出身なのよね？　戦士さん」

「そ！　よろしくね、姫様！」

さーさんがニコニコと返事をする。

「あなたは、姫って呼ばなくてもいいわよ。守護騎士の契約をしたのは、彼だけだから」

「そーいうもんなの？」ときょとんとするさーさん。

俺も初耳だ。そういう慣習らしい。

「じゃあ、何て呼ぼうか？　フリアエちゃんかな？」

「みなさん！　ちょっと、お待ちを。マッカレンでフリアエ殿の名前をそのまま呼ぶのは危険でしょう。月の巫女《みこ》のお名前は有名です。念のため偽名を名乗っておいたほうが無難と思われますぞ」

ふじやんがやってきて警告してくれた。なるほど、確かに。

「そんなに私の名前って知られているの？」

フリアエさんが、嫌そうな顔をする。

「その外見で名前を聞けば、ほとんどの人が月の巫女を連想するでショウ」

ニナさんもやってきた。

フリアエさんは十人とすれ違ったら、十人が振り返るほどの美貌。

大陸中に名前が知れ渡っている月の巫女フリアエ。うん、一発でバレるね。

「何かいい偽名あるかな？」

「急に言われても……」

フリアエさんが困った顔をしながらも、みんなで知恵を出し合って考えた結果。

「じゃあ、『フーリ』って名前にするわ」

元の名前を少し変えた、当たり障りない偽名に落ち着いた。

「わかったー、ふーちゃんね」

さーさんが、速攻で偽名を崩した。

そのあだ名だと、偽名の意味が無いんだが？

「なになにー、何の話してるの？」

「ルーシー、今日からフリアエ姫はフーリ姫になったんで」

「？　何それ？」

「あと、俺が守護しているどこかの国の偉い貴族ってことになったから」

そういう設定にしてみた。姫呼ばわりするなら、それがいいだろう。

ルーシーに事情を説明する。

「ふぅん、わかったわ。よろしくね、フーリ！」

「ええ、よろしく、魔法使いさん」

この姫さん、仲間を名前で呼ばないなぁ。俺に対しては『私の騎士』だし。

壁を作ってるんだろうか？

（まあ、徐々に打ち解けていけばいいか）

俺は飛空船から外の景色を見た。どこまでも続く、田園風景。

広大で肥沃な大地。太陽の国《ハイランド》が豊かなのが頷《うなず》ける。

森と湖だけの水の国《ローゼス》とは違うな、やっぱり。

まあ、でも俺が好きなのは水の国《ローゼス》だ。やっと帰れる。


「困った事になりました……」

飛空船の食堂で夕食をとっている時、ふじやんがぽつりと言った。

手には魔法の通信機。その隣には渋い顔のクリスさんがいる。

「どうしたの？　ふじやん」

「タッキー殿。どうやらマッカレンの次期領主を決める会議が近々開かれるそうなのです」

「急だね」

マッカレン領主には、三人の子供がいる。全て女性だ。

クリスティアナさんは次女にあたる。

「おそらく姉と妹が結託したのだと思われます。旦那様が、街を長く離れていたのを好機と考えたのでしょう」

クリスさんが、悔しげに表情を歪《ゆが》ませた。

「早くマッカレンに帰りましョウ」

ニナさんがクリスさんの袖を引く。

「タッキー殿。申し訳ありませぬが、全速力でマッカレンへ戻り、拙者たちは領主後継者会議の準備をせねばなりません。もしかすると水の国《ローゼス》の勇者であるタッキー殿のお力を借りるかもしれず……」

「水くさいこと言うなよ、ふじやん。言ってもらえれば何でもするからさ」

「高月サマ……」「勇者様」

ニナさん、クリスさんにまで感謝の目を向けられたけど、俺の返事は当然のものだ。

ふじやんには、邪神の使徒であっても味方でいてくれた恩がある。

恩は全力で返さねば。しかし貴族の後継者を巡る争いって何をするんだろう？

俺で力になれることがあればいいけど。

飛空船を全速力で飛ばした結果、行きの半分くらいの時間でマッカレンに到着した。


「では、拙者たちはこれにて」

ふじやんたちは、颯爽《さっそう》と去っていった。

「俺たちは、冒険者ギルドに顔を出そうか」

俺は仲間の三人のほうを向いて、提案した。

「そうね、マリーやエミリーにも久しぶりに会いたいし」

「屋台の焼き鳥食べたいなー」

「私は付いていくわ」

異論は無いようだ。それにしても、久しぶりのマッカレン！

懐かしい面々に会いに行こう。

◇フリアエの視点◇

（……綺麗《きれい》な街）
水の街《マッカレン》という街に着いて、私が最初に思った感想はそんな月並みなものだった。
整備された道。その脇を流れる水路。レンガ造りの家々が、整然と並んでいる。
道行く人々は、人族、エルフ、獣人族など。様々な種族が仲良く挨拶している。
走り回る子供たちは、みな笑顔だ。
（……不公平。こんなの月の国《ラフィロイグ》と全然違う）
荒れ果てた廃墟《はいきょ》――月の国《ラフィロイグ》の跡地。
無法地帯で、女子供は一人で歩くことができない。
一番安全なのは地下街で、弱い者はコソコソ隠れて生活している。
私は物心ついた時からずっと、地下の薄汚れた住居で過ごしてきた。
私を世話してくれたのは、細々と月の女神《ナイア》を信仰している信者たちだった。
自分の親が誰なのかすらわからない。
楽しいことなど何もなく、淡々と生きているだけの日々。
水の街《マッカレン》の街並みは、私には眩《まぶ》しすぎた。
（こんな街で生まれ育ったら私だってもっと……）

ふらふら歩いていると「危ないって」急に手を摑《つか》まれた。
「え？」
私の騎士に引き寄せられる。
どうやら、私は気付かないうちに水路に落ちかけていたらしい。
何やってんだ？って目で私の騎士に見られた。
「ありがとう……私の騎士」
「気をつけろよ、姫」
すぐに手を離された。彼は私に背を向けて、先に進んでいく。
（躊躇《ちゆうちよ》なく、私に触れてくるのね……）
月の国《ラフィロイグ》では、呪いの巫女と呼ばれる私に近づいてくるものは皆無だった。
恐れ多いと言われていたけど、実際は怯《おび》えられていたのだろう。
太陽の国《ハイランド》の連中も同様だった。私の呪いを恐れて、誰も近づいてこなかった。
だから、魅了魔法でみんな操ってやった。
私の騎士は違う。
私の魅了魔法が効かない。
私の身にかかる呪いも気にしない。
私に触れるのに躊躇しない。

「マコトー、水の街《マッカレン》久しぶりね！」

「高月《たかつき》くん！　一緒に温泉行こうよ！」

両側から魔法使いさんと戦士さんが、抱きついている。

「ちょっ!?　人前だから」

それに少し赤くなりながら、逃げようとする私の騎士。

私の魅了魔法は効かないのに、仲間の女の子たちには動揺するらしい。

私の守護騎士だというのに、後ろを振り向かず先へ進んでしまう。

あ、立ち止まった。

「おーい、姫。この先が水の街《マッカレン》の冒険者ギルドだから」

首だけで振り向いて、私のほうの目を見て言った。

試しに魅了魔法の魔眼で見つめてみるが、気付くことなく視線を戻された。

まるで興味が無いみたいに。

（なんか新鮮……）

街中にある大きな建物に、私の騎士たちは入っていった。

「早くー、ふーちゃん」「フーリ、来なさいよ」

魔法使いさんと戦士さんが呼ぶ声が聞こえる。

（……こういうのは初めてかも）

私は大きく息を吸って、水の街《マッカレン》の冒険者ギルドに足を踏み入れた。

◇高月マコトの視点◇

「え？　マコトくん!?」

冒険者ギルドに入るなり、金髪の美人さんが抱きついてきた。

おうふ。胸が……当たってます。

「ただいま、帰りました。マリーさん」

「おかえり！」

ぎゅーっと、抱きしめられた。とても気持ちよいのだけど、周りの視線が痛い。

（（ちっ！））

舌打ちが聞こえる。マリーさんの人気は相変わらずですね。

「ねぇ、私の騎士を抱きしめてるあの人は誰？」

「マリーさんっていう冒険者ギルドの受付け嬢だよ、ふーちゃん」

「ルーシー！　戻ってきたの！」

「エミリー！　久しぶりね！」

後ろから知り合いの声が聞こえる。

「よお、マコト！　ちょっと会わねぇ間にまさか勇者になるとはな！」

背中をばしっと叩《たた》かれた。

叩かれたほうを見ると、マッカレンのベテラン冒険者が立っていた。

「ルーカスさん、ご無沙汰してます」

「さすがは異世界人だな」

少し寂しげに笑うルーカスさんの表情は、初めて見るものだった。

「マコトがまさか勇者になるなんてな！　おめでとう、この野郎！」

肩を叩かれて振り向いた先には、同期の冒険者が立っていた。

「ジャン、久しぶりだな」

胸には、銀バッチが輝いている。

「シルバーランクになったのか」

「やっと追いついたと思ったんだけどなぁ」

ジャンが苦笑いで応えた。

「俺も冒険者ランクは、シルバーのままだよ」

「マコトくん、それは違うわよ。『勇者』っていうのは、その国の戦士の代表なの。冒険者も国に仕える騎士も全て含めて、彼らの代表よ」

マリーさんが、真面目な顔で訂正してきた。

「そう、なんですか？」

……そう言われると、重圧《プレッシャー》を感じる。

「ねぇ、マコトくん。色々話を聞かせて、聞かせて」

マリーさんが大きなテーブルに俺たちを案内した。

「マリーさん、ギルドの仕事はいいんですか？」

「いいの、いいの。勇者様を接待するのは、ギルド職員の仕事だからね」

ウインクして微笑《ほほえ》むマリーさん。勇者に俺《おれ》かこつけて、昼間っから飲もうとしてません？

（まあ、いっか）

久しぶりのマッカレンの冒険者ギルドだ。積もる話もあるし。

「「「かんぱーい！」」」

なんやかんや、マッカレンの冒険者ギルドにいた面々が集まってきて、大宴会になった。

テーブルの上には、久しぶりのマッカレンの料理が並ぶ。それらをつまんでいると。

「あのマコトが勇者か……」「はぁ～、もっと媚《こ》び売っとけばよかった」「おまえ、マコトは頼りないって言ってたじゃねーか」「だってぇ、魔法使い見習いよ？」「だよなぁ」

（全部、聞こえてるんですけど。君たち？）

自然と『聞き耳』スキルで声を拾ってしまう。でも、噂《うわさ》って気になるじゃん？

「ねーねー、ルーシーとアヤちゃんは、どっちが勇者になったマコトくんの本命なの？」

エミリーの声が聞こえた。

「そりゃ、私よ。アヤは二人目の仲間だもの！」

「私だよー。るーちゃんは、後から知り合ったんだし！」

「「ん？」」

ルーシーとさーさんが二人で顔を見合わせて——否、睨《にら》み合っている。

「私のほうが先にキスしたんだけど？　冒険者仲間としても私が先輩だし？」

「はぁ～、私は中学から高月くんの唯一の友達なんだけど？」

「それはアヤの前世でしょ!?　こっちの世界じゃ私が先だから！」

「関係ありませんー。高月くんと先に出会ったのは私ですー」

「「ぐぬぬぬ……」」

不穏な会話が聞こえる。あっちの席に行くのは止《や》めておこう。

「なぁ、マコト。王都じゃ美味《うま》いもんいっぱい食べたんだろ？　今さら角うさぎの串焼きでいいのか？」

「大将、俺はこれが食べたかったんだよ」

目の前に、程よく焦げ目がついたモモ肉の串焼きが並ぶ。

ひゃっほう、久しぶりの串焼き（タレ）だ！

俺は、熱々でジューシーな肉にかぶりついた。

ああ、この濃い目のジャンクな味。そうそう、こういうのでいいんだよ。

「ねぇ、これって何？」

フリアエさんが、興味深そうに串焼きを指差した。

「角うさぎの串焼き。食べてみなよ」

「う、うさぎ……。初めて食べるわ……」

恐る恐る手に取り、かぷりとかぶりついた。

「あ、美味し」

「だろ」

フリアエさんもお気に召したらしい。

「ねぇーねぇー、マコトくん〜。そのすっごい美人な子はどなた？」

「あ、マリーさん。彼女は……」

「はじめまして、私は商業の国《キャメロン》から参りましたフーリと申します。訳あって今は勇者マコトに護衛を頼んでおります。とある貴族の血筋のものなのですが、姓を名乗れない無礼をお許しください」

優雅に微笑むフリアエさん。演技が堂に入っている。

「は、はい。私は冒険者ギルド職員のマリー・ゴールドです……」

フリアエさんの完璧な猫かぶりに、マリーさんが恐縮している。

水の国《ローゼス》から遠く離れた商業の国《キャメロン》からやってきた貴族だけど、訳ありのため苗字《みょうじ》を名乗れない――という設定だ。

そう言っておけば、跡継ぎ問題とか、妾の子《めかけ》かしら、とか色々忖度《そんたく》してくれる……はず。

実際は、真っ赤な嘘《うそ》なわけだが。

「へぇ、商業の国《キャメロン》の貴族様……」

酔ったマリーさんはチョロイので良いね。まったく疑われなかった。

「おう、マコト。飲んでるか？」

「ルーカスさん、やっぱり落ち着きますね。水の街《マッカレン》は」

「勇者なら王都に住むもんだろ、普通は」

ぐびっと、火酒を飲み干しながら次のお酒を注文するルーカスさん。

飲みすぎでは？　いつにも増して。

「ははっ、ルーカス。マコトが勇者になったからって妬むなよ」

「うるせぇ！　どうせ俺は勇者になれなかった男だよ！」

「「えっ？」」

大将とルーカスさんの会話に、俺とジャンがびっくりして顔を見合わせた。

「ルーカスのやつはな、昔は勇者を目指してたんだ。結局、冒険者としての最高ランクはミスリルランクまでだったけどな」

「……昔の話だ。今はゴールドランクに落ちた隠居冒険者だ」

知らなかった。そんな過去が。

「まあ、ルーカスだけじゃない。俺や同世代の冒険者は全員、勇者を目指したな」

大将が懐かしそうに語った。

何かぽっと出の俺があっさり勇者になってしまったのは申し訳ない気分に……。

「まあ、胸を張れ。お前は水の国《ローゼス》の王都を救った功績で勇者になったんだ。誰にでもできることじゃない」

ルーカスさんに肩を叩かれた。

「たまたま……うまくいっただけですよ。ところで、最近の水の街《マッカレン》はどうですか？」

少し気まずくなり、話題を変えてみた。

「最近、『魔の森』から出てくる魔物がどんどん増えてるんだ。ハグレ魔物の討伐依頼が毎日のようにくるよ」

ジャンが真剣な顔をして教えてくれた。

「魔の森か……」

木の国《スプリングローグ》の大部分を占める大森林。その奥深くにある迷宮《ダンジョン》。

推奨ランクは、『大迷宮《ラビュリントス》』と同じアイアンランク以上。

「最近、魔の森に調査に行ったシルバーランクの冒険者が戻ってこなかったらしい」

「それ、まずいんじゃないですか……？」

ルーカスさんの話にぎょっとした。シルバーランクの冒険者が行方不明って只事《ただごと》じゃない。

「『魔の森』は、木の国《スプリングローグ》の管轄だからな。水の国《ローゼス》の冒険者ギルドが大げさに介入するのも変な話になる。国境にある水の街《マッカレン》としては、頭が痛い」

大将が説明してくれた。少し留守にしている間に、古巣が危機的な状況だった。

水の女神《エイル》様の神託が頭の片隅でちらついた。

いやいや、これくらいで水の国《ローゼス》は亡《ほろ》んだりしない……はずだ。

「魔物の活発化は、大魔王の復活の影響ですかね……？」

「そうだなぁ……魔の森の中心には『魔王の墓』があるからな。関係してるかもな」

——『魔王の墓』

それは魔の森のどこかに存在する場所。

千年前、救世主アベルに倒された、九魔王の一人——『不死の王』ビフロンス。

その亡骸《なきがら》が封印されている場所らしい。

「不死王の肉体は永遠に滅びず、伝説の魔弓士ジョニィと大賢者様によって封印されている……でしたっけ？」

「俺も昔『魔王の墓』を探してみたんだが、見つけられなかったたな」

「ルーカスさん、魔の森の奥に行ったんですか？」

「昔な。魔物が活発化する前だ。覆いかぶさる魔樹に光が遮られて昼間でも真っ暗な上に、迷いの森と同じく方向感覚を常に狂わされる。しかも魔物の危険度が一定じゃない。貧弱なゴーストと一緒に『災害指定』のドラゴンゾンビが平然と歩いてやがるんだ」

うわぁ、嫌な場所だなぁ。

「正直、俺は大迷宮《ラビュリントス》の下層より魔の森のほうが苦手だな」

「……なぁ、マコトは大迷宮《ラビュリントス》のどこまで行ったんだ？」

「中層で死にかけたよ」

はぁー、とジャンと一緒にため息をついた。

俺たちの手に負えそうにないな、魔の森は。

「なんで、そんな場所に行ったんですか？」

「知らないのか？　『魔王の墓』には、救世主アベルの使った宝具が眠ってると言われている。まあ、伝説の通りなら『不死王の呪い』で使えないはずだけどな。売れば一財産だと思ったんだよ」

「はぁー、なるほど」

呪われた伝説の武器か。呪いなら、うちのフリアエさんが解いてくれそうだ。

ちらっと呪い魔法のプロ、フリアエさんに視線を向けた。

「この食べ物、美味《おい》しいわね」

「お嬢ちゃん、いい食べっぷりだねぇ」

大将の串焼きをパクパク食べているフリアエさんがいた。

「これ気に入ったわ」と言いながら指についたタレを舐《な》めている。

ちょっと下品な行為だが、白磁のような指をフリアエさんの赤い舌が舐める様子が、艶《なま》めかしい。ってか、エロい。

((((（…………ゴクリ))))）

気がつくと酒場中の男冒険者たちが、フリアエさんを凝視している。

フリアエさんも複数の視線に気付いたのか、ニコっと微笑んでいる。

「はうっ！」「なんて可憐《かれん》な人なんだ」「だ、誰だ、あれ」「フーリさんって名前らしいぞ」

「声かけろよ」「マコトの仲間だってよ」「くそう、ルーシーちゃんやアヤちゃんに飽き足らずあんな美女を……」

男冒険者たちが、フリアエさんの色気にやられている。

そして、女冒険者たちが、面白くなさそうな目をしてる。

（ちょっと、ナチュラルに魅了し過ぎですねぇ……）

後で注意しておこう。

「マコト、一緒に飲みましょう！」

「高月《たかつき》くん！　グラス注《つ》ぐね！」

ルーシーとさーさんがやってきた。エミリーの質問攻めから逃げてきたらしい。

「あの、狭い……んだけど」

両側からルーシーとさーさんに挟まれた。

体温の高いルーシーの肌と、ヒヤリとするさーさんの肌がぴとっと重ねられる。……落ち着かない。

「あらー、両手に花？　私もまーぜーてー」

マリーさんまで、後ろから抱きついてきた。もういいや。飲もう。

その日は、夜遅くまで飲み明かした。


――夜が明けた。

（久しぶりだなぁ、この感じ）

薄汚れた冒険者ギルドの共用休憩室で、俺は目を覚ました。

そこら中に、雑魚寝の冒険者（男）がいびきをかいている。

俺は共用の薄い毛布を、畳んで部屋の端に置いた。

ちなみに、さーさんとフリアエさんはルーシーと同じ宿屋に泊まってもらった。

フリアエさんは、冒険者ではないのでギルドの休憩室に泊まるわけにはいかない。

三人で仲良くしてるだろうか？

俺は眠い目をこすりながら、ギルドの裏手の井戸で顔を洗い、水魔法を使って身体《からだ》と服を綺麗《きれい》にした。短剣を両手で握り、ノア様に祈りを捧《ささ》げる。

朝日がマッカレンの水路に反射して眩《まぶ》しい。

ルーシーたちとは、冒険者ギルドで待ち合わせをしている。皆が来るまでギルドの依頼掲示板でも眺めようかと思っていた時だった。


「た、助けてくれ！　マッカレンでゴブリン退治の名人に依頼がしたい！」


朝早いため、閑散としている冒険者ギルドのエントランスに大声が響いた。

気がつくと、冒険者ギルド中の視線が俺に集まっていた。

（ゴブリン退治の名人？）

――マッカレン冒険者ギルドのゴブリンの掃除屋《ゴブリンクリーナー》。

……俺のダサい『ふたつ名』な訳だが。忘れてたんだけどなぁ。

俺は、冒険者ギルドに駆け込んできた男に話しかけた。

「あの……話を聞かせてもらえますか？」

「おお！　あんたがゴブリン退治の名人かっ！　ワシの娘がっ！　娘が……」

興奮のあまり摑《つか》みかかる勢いの彼から話を聞いた。
・男性と娘は隣街の商人である
・昨夜、ゴブリンの群れに娘が攫《さら》われた
・ゴブリンの群れは統率されており、ゴブリン王《キング》がいるらしい
・娘さんは、『結界魔法』の魔道具を所持している
・結界魔法の発動中は、ゴブリンが手出しできない
・結界の発動期間は半日ほど
・あと一時間ほどで結界魔法は効果が切れる。そのあとは……
「ううっ……、娘がゴブリン共の餌食に……あああっ！」

「おじさん、あなたは隣街からやってきたんですよね？　どうして自分の街の冒険者ギルドを頼らなかったのですか？」

マリーさんがやってきて、男性をなだめつつ一緒に話を聞いてくれた。

よかった、さすがギルド職員。手馴《てな》れてる。

というか、昨晩あれだけ飲んでおいてけろっとしてますね。

「それが……運悪く出動できる冒険者たちが居なくて……。ギルドの職員いわくマッカレンにゴブリン退治の名人がいるからそっちに頼んだほうが確実だと……」

「はぁ……なるほど、それでマコトくんに」

マリーさんが納得したように頷《うなず》く。

「ただし、マコトくんは勇者なので指名料金がプラス100万G《ガル》かかりますが……」

「「ひゃくまん!?」」

俺と依頼人の男が同時に、驚きの声を上げる。

「え……というか、ゴブリン退治の名人と聞いたのですが……ゆ、勇者様？」

「えーと、実は最近勇者になりまして……」

「な、なんと……これは御無礼を……」

「いえいえ、それより娘さんが攫われているなら、急がないと」

急に態度が丁寧になった依頼人さん。

「……しかし、まさか勇者様とは。そんな高額はとても……払えません」

依頼人さんは泣きそうな表情でがっくりとうなだれる。

隣街までわざわざ来たのに、これではあんまりだろう。

「マリーさん、安くならないんですか？」

「うーん、シルバーランク以上の冒険者を指名するとランクに応じた指名料金が発生するの。これは、腕のいい冒険者に依頼が集中しないように、あとは高ランク冒険者に良い装備や宿でしっかり準備をしてもらうための制度なのだけど……」

「マリーさん～」

「わかったわよ、マコトくん。ちょっと、考えてみるわ」

よし、調整はマリーさんに任せよう。

「娘さんが、攫われた場所を教えてもらえますか？」

「あ、ああ……ここから西の方角にある洞窟で……」

説明を受けるが、かなり慌ててゴブリンから逃げてきたのか、場所がはっきりしない。

「そんな曖昧な情報じゃ……」

マリーさんの表情が曇る。でも俺はこの近辺の洞窟の位置を全て把握している。

「おじさん。洞窟の形は天井が低かった？　それとも二つ穴が並んでた？　それか近くに大木があった？」

「確か……入り口は一つで、高さが低い洞窟だったような」

「わかった」特定した。

「ま、マコトくん。これだけの情報で場所がわかるの？」

「マッカレン近くのゴブリンの出現しそうな場所は全部覚えてます」

でも、数ヶ月前、あの洞窟にゴブリンの巣は無かった。

魔の森から流れてきたんだろうか？

「マリーさん、行ってきますね。ルーシーとさーさんに場所を伝えておいてもらえますか？」

「わかったわ！」

俺は地図に印をつけてマリーさんに手渡し、ギルドを飛び出した。

「ねぇ、私の騎士。どこにいくの？」

ギルドを出てすぐに、誰かに呼ばれた。

「姫？」フリアエさんだった。

「ルーシーとさーさんは？」

「まだ寝てるわ」

可愛《かわい》く肩をすくめるフリアエさん。

「そっか」

一緒にいてくれれば、手伝い《ヘルプ》を頼んだんだけど。

「昨夜は楽しかったわよ。同世代の女の子と恋愛話をするのって初めてだったの！」

フリアエさんのテンションが高い。

「悪い。今急いでるんだ。ギルドで待ってるか、宿でルーシーたちと合流して」

俺は走りながら告げた。

「何言ってるのよ。あなたは私の守護騎士でしょ？　だったら一緒に行くわよ」

「え？」何言ってるの、この人！

「これからゴブリンの巣に行くんだって！　攫われた人を助けにいくから、危険だから待っててくれ！」

「冒険？　冒険ね！　興味があるわ！」

何でウキウキした顔してるの。

ええいっ！　じゃあ、ダッシュで置いて行くからな。

「ねぇ、私の騎士。もっと速く走れないの？」

……普通に追い抜かれた。フリアエさん、俺より走るの速くない!?

そーいえば、太陽の国《ハイランド》の墓地じゃ駆けっこで負けましたね……俺。

この調子じゃ、ずっとついて来そうだ。

「ええいっ！　もういいよ。一緒に行こう」

「きゃっ！」

俺はフリアエさんの手を掴み、水路に飛び込んだ。

――水魔法・水面歩行&水流
「へぇ！　面白い魔法ね」

「飛ばすから。舌嚙《か》まないように」

一気に水上を加速した。

水路から続く川を辿《たど》って大森林近くにたどり着いた。木々が生い茂っており、やや薄暗い。

ここからは徒歩だ。

「姫、『隠密《おんみつ》』スキルは使える？」

「問題ないわ。太陽の国《ハイランド》で指名手配されて、ずっと逃げ続けた女よ？」

頼りになる返事だね。巫女《みこ》っぽくないけど。

俺とフリアエさんは、そろそろと森の中を進んだ。会話は小声だ。

（ねぇ、相手はゴブリンでしょ？　別にコソコソしなくても平気じゃないの？）

（俺は慎重派なの）

（ふぅん。ところで昨日、魔法使いさんと戦士さんから聞いたんだけど……）

フリアエさんは、昨日の女子会が楽しかったのか会話が止まらない。

緊張感が無いなぁ……。

（昨日なんて、魔法使いさんと戦士さんで、どっちがキスが上手《うま》いかを競いだして……大変だったわ）

ん？

（あ、これ言っちゃいけないやつだった）

思わず振り向いた。てへぺろ☆するフリアエさんが居た。

え!?　凄《すご》い気になるんですが……。

（その話を詳しく……）

（ほらほら前向いて。洞窟見てきたわよ）

この野郎。途中で話を止めるな！『明鏡止水』スキルをＭＡＸにして先に進む。

洞窟の手前で木の陰に隠れながら観察した。

（洞窟前に、見張りのゴブリンが五匹か）

（さっさと倒せば？）

フリアエさんは簡単に言ってくれる。

（巣は危ないんだよ）

（そうなの？）

昔、単独《ソロ》でやっている時何度か試みたことがある。巣のゴブリンをまとめて倒したほうが効率がいいかと思ったけど、うかつに手を出すと集団に襲われる。

巣の中に、上位種のゴブリンがいる可能性だってある。

結果、霧の深い魔の森近くで、暗殺者もどきの立ち回りが一番安全とわかった。

（ルーシーみたいに遠距離の強力な魔法か、さーさんみたいな圧倒的な近接攻撃力があれば別だけど）

俺にはどっちも無い。一匹ずつ倒していくしかない。

ただ、攫われた娘さんの結界がいつまで持つか……。できれば時間をかけたくない。

うーん、どうする？　勢いで一人で来たけど、ルーシーとさーさんと合流してから行くべきだったか？　待てよ、そーいえば……。

（姫、呪い魔法が得意だよね？）

（ええ。そうだけど……何？）

いいことを思いついた。


「……これって冒険なのかしら？」

「冒険です。反論は認めない」

現在、辺り一面に深い霧が立ち込めている。

――月魔法・睡魔の呪い
「便利な魔法だね」

俺はフリアエさんの手を握り、同調《シンクロ》した。水魔法で霧を作り、睡魔の呪いを混ぜる。

睡魔の呪いのおかげで、見張りのゴブリンたちは全て眠りこけている。

「ゴブリンが、突然目を覚ましたりしない？」

「多分、丸一日は眠ったままじゃないかしら」

さらりと言う、フリアエ姫。……これ、使えるな。

「じゃあ、洞窟の中に捕らわれている女の子を捜してくるから、姫はその辺に隠れてて」

「つまんないの」

フリアエさんは、俺が回りくどい手を使っているのがお気に召さないらしい。

でも、俺は魔法使い見習いだ。ゴブリン複数相手に近接戦闘だと、普通に負ける。

『隠密』スキルと『索敵』スキルを使いながら、ゆっくり洞窟に入る。

洞窟の中にも、霧を使った睡魔の呪いが効いている。

眠りこけているゴブリンたちの横を、起こさないよう慎重に進む。

洞窟の中で寝ているのは、十四ほどのゴブリン。

(思ったより少ないな)

そして、さらに洞窟の奥を探索する。

(居た！　女の子だ！)

洞窟の一番奥に置いてある檻《おり》の中で、倒れている女の子がいた。

女の子の周りを、ぼんやりと光る卵の形をした結界が覆っている。

どうやら結界ごと、運び込まれたらしい。近づいて、様子を確認する。

顔は涙でぐちゃぐちゃになっているが、外傷はなさそうだ。

俺は檻の柵を短剣で切断して、中に入り結界の近くに寄った。

結界をコンコンと叩《たた》く。女の子は起きない。

(しまったな……フリアエさんの呪いがこの子にも効いてる)

結界があっては、一人じゃ運び出せない。結界破りの魔法なんて使えないし……。

ダメもとで、女神様の短剣で結界を切ってみた。

するりと、刃が通り結界がバターのように切れた。

（おお！　凄いな）

ノア様の短剣、結界も切れるのか！

（当たり前でしょー。そんなケチな結界、紙みたいなもんよ。『神撃』の切れ味なんだから）

失礼しました。流石《さすが》は神器。伊達《だて》じゃないな。

切り裂いた結界から女の子を抱きかかえる。

音を立てないように、頬を軽くたたいて起こす。

「大丈夫？」

「……あ、あれ？　私気を失って……あ、なたは？」

「君の父親に救助を依頼された冒険者だよ」

女の子の名前を確かめ、間違いないことを確認する。

よし、ミッションクリア。よかった、結界の継続中に助け出せて。

ゴブリンに襲われた女の子は悲惨だからな……。

が、女の子の次の言葉で俺は凍りついた。

「あ、あの……ゴブリンは、ここに居るのが全部じゃありません。ゴブリンキングが子分を率いて、出かけていきました」

その言葉を聞いた時、『危険感知』スキルの警告音が、頭の中で鳴り響いた。同時に『索敵』スキルにも反応がある。洞窟の外に多くのゴブリンが集まってきている。

（しまった！　フリアエさんを外に残したままだ）

フリアエさんは丸腰だ。身を護《まも》る術《すべ》がない。

（くそっ！　やっぱり連れてくるべきじゃなかった）

女の子の手を引き、洞窟の外に急ぐ。間に合ってくれ！

そこで俺が見たのは——ゴブリンキング率いるゴブリンの群れだった。

ゴブリンキングをこんな近くで見るのは初めてだ。

体長は、通常のゴブリンの数倍。身体《からだ》が大きいだけではなく、知能も高い。

それを裏付けるように、冒険者たちから奪ったであろう鎧《よろい》を身につけ、両手に武器を持っている。ゴブリンキングの居る群れは、規模の大きいものなら『災害指定』だ。

その危険な魔物がフリアエさんを取り囲み——。

「汚らわしいケダモノ共ね。私に触れようとするなんて」

目を金色《こんじき》に輝かせるフリアエさんと、這《は》いつくばっているゴブリンたちがいた。

ゴブリンキングに至っては、フリアエさんに頭を踏まれている。

（え？　ええ～……）

まともに戦うと、死を覚悟する規模の魔物の群れなんですが。

「おーい、姫。これって……なに？」

「見ればわかるでしょ？」

「…………『魅了』した？」

「ふふん、そうよ」

まじかよ！　すげーな、月の巫女。

「素敵……お姉様。私を抱いてください……」

捕らわれていた女の子の目にハートマークがついている。

魔物だろうが、女性だろうがお構いなしに魅了するらしい……。

「マコト無事!?」

「高月《たかつき》くん、ゴブリンの群れが……ってあれ？」

ルーシーとさーさんも駆けつけてくれたが、フリアエさんに踏みつけられるゴブリンの姿に目を丸くした。

「流星群《メテオレイン》！」

ゴブリンは巣もろとも、ルーシーの魔法で処理してもらった。

女の子は、緊張が解けて安心したのか再び眠ってしまったので、さーさんにおぶってでも

なんか、うちのパーティーって女性陣だけで完結してません?

らった。


――帰り道。

「なあ、姫。俺に魅了魔法を教えてくれない?」

さっきのゴブリンたちをあっさり操った裏技っぽい魔法。覚えてみたい。

月の巫女の守護騎士として、『ギフト』スキルとして『魅了』を貰《もら》ったわけだし。

ただ、フリアエさんの反応は微妙だった。

「私の騎士……『魅了』を使って女の子でも落とすの?」

「そんなことしないよ!」

と反論したけど、確かに普通はそーいう使い道が一般的なのかな。

「マコト?」「高月くん?」

ルーシーとさーさんが、同時に不審な目を向けてきた。いえいえ、しませんよ?

「魔物と戦う手段は、多いほうがいいだろ?」

「まあ、いいけど」

よしよし、ついでに月魔法とかも教えてもらおう。

ギルドに戻ったら、依頼人には神様のごとく感謝された。

高額な依頼料は、マリーさんが冒険を受けた俺の希望ってことで割り引いてくれた。

……だって俺は殆《ほとん》ど仕事してないからね。


それからしばらくは、フリアエさんに『魅了』の方法を教わった。

今まで水魔法だけでやってきたので、ここに来て新しい技を覚えるのは楽しい。

だけど、これがなかなか難しい。効力も弱くて、試しにさーさんやルーシーに使ってみたのだが、

「今、何かした？」「何も感じないけど……」

効果ゼロだった。人間に使うには、長い修行が必要らしい。

（精霊さん、精霊さん）

（（（（??））））

水の精霊に使ってみるも、反応が悪い。

水の大精霊《ウンディーネ》は、太陽の国《ハイランド》以来、まったく現れようとしない。

かろうじて動物には効くようで、近所の猫や犬が集まってくるようになった。

いや、可愛《かわい》いんだけどさぁ。……これ、戦いに使えるの？

またハズレスキルでは？

最近のフリアエさんは、冒険者の真似事《まねごと》がしたいというので、さーさんやルーシーと一緒に近場で魔物の狩りをしている。

近頃は魔物が増えているので、そういう地道な活動も冒険者の大切な仕事だ。

昼は難易度の低い冒険をして、夜は冒険者連中と宴会の毎日。

平凡な生活だが、フリアエさんは楽しそうだ。

そんな感じで、数日が過ぎた。

ふじやんは、領主の後継者会議に向けて準備が忙しいらしく、会えていない。

(……今日は、何か騒がしいな)

朝起きると、冒険者ギルドのエントランスに沢山の人が集まっていた。

「おい、見ろよ」「なんとお美しい……」「こんなお近くで拝見するのは初めてだ……」

「氷の彫刻の姫君……」「なんだって、こんな田舎街に？」

どうやら偉い人が来ているらしい。

(んー、人ごみでよく見えないなー)

俺がひょこひょこと、人垣に近づいて行くと。

「勇者殿！　こちらにおられましたか」

聞き覚えのある声が聞こえた。あれ？　守護騎士のおっさんじゃないか。

え？ってことは

「勇者マコト」

そこに立っていたのは、優雅に微笑《ほほえ》むソフィア王女だった。

◇領主の娘クリスティアナの視点◇

水の街《マッカレン》領主の館の執務室。

そこで対峙《たいじ》しているのは、私――クリスティアナと妹のコンスタンス・マッカレン。

「クリスお姉様。無駄なあがきはもうお止《や》めになったら？　水の街《マッカレン》の有力者は、ほとんど私とヴィオレットお姉様が押さえていますのよ」

「く……」

余裕の笑みを浮かべる私の妹。悔しいがその通りだ。

しばらく水の街《マッカレン》を離れている間に、藤原《ふじわら》様の味方をしていた人たちが、皆寝返ってしまった。

まさか、これほど短期間で状況を一変させるなんて……。

「それに私の後ろ盾について下さったのは、水の国《ローゼス》で有数の大貴族であるベンリアック家。クリスお姉さまの婚約者である藤原卿《きょう》と比較になりませんわよ？」

妹のコンスタンスの後ろに立って居る男は、ベンリアック家の使者だろう。

根回しの良いことだ。だけど、私は知っている。

コンスタンスが領主になりたいのは、今より贅沢《ぜいたく》がしたいから。

領主になって、私財を増やしたいだけだ。領地を発展させる気などない。

あくまで、父の気を引くために今は猫を被《かぶ》っているのだ。

コンスタンスが領主になっては、水の街《マッカレン》の民は幸せになれない。

（でも現状の立場は、私が一番不利……）

本来なら、藤原様と一緒に飛空船の事業を華々しく展開して。

王都ホルンとの強いパイプも出来たのに、まさか地元の地盤を揺るがされるとは……。

コンコン、とドアがノックされた。

「失礼しますぞ。お取り込み中と思いますが」

遠慮気味に入ってきたのは、私の未来の旦那様だった。

「どうされましたか？　藤原様」

「なんですか、今は重要な会議中です」

妹の物言いに私はむっとする。藤原様は私の婚約者ですよ。

しかし、藤原様は気にすることなく単刀直入に要件を告げた。

「ソフィア王女が、水の街《マッカレン》にいらっしゃいました」

「「え？」」

私が驚きの声を上げ、それ以上にぽかんと、大口を開けた妹が居た。

が、すぐに表情を引き締める。

「すぐにお迎えに上がります！」

ローゼス王家の第一王女が、このような辺境の領地にくるなど稀《まれ》な事だ。

領主の娘として、妹の対応は当然のものである。しかし。

「それには及びません、コンスタンス様」

「何を言うのですか、藤原卿！　あなたは引っ込んでいなさい！」

声高に命令する妹を、さすがに窘《たしな》めようと口を開きかけた。

「ソフィア王女より、藤原商会が案内を命じられました」

変わらず低姿勢で藤原様が言った。

「そ、そんなバカなことが！　水の街《マッカレン》の領主でなく新参貴族のあなたに連絡が来たですって！　ありえません！」

妹はヒステリックに騒いでいるが、私には心当たりがある。

「もしや、マコト様に会いにいらしたのでしょうか？」

「ええ……さっそく冒険者ギルドに向かわれました」

藤原様が苦笑しながら答えた。……なんと、ソフィア王女はそれほどに彼を。

「ど、どういうことですか？　勇者マコトというのは、つい最近に国家認定された新人勇者でしょう？　まだ、大した実績も上げていない」

ああ、水の街《マッカレン》ではそういうことになっているのか。

王都ホルンでの騒動は、表向きレオナード王子の功績になっている。

太陽の国《ハイランド》の王都シンフォニアでの出来事は、まだ情報が回ってきていないのだろう。

「コンスタンス、私はソフィア王女をお迎えに行きます。この続きは、今度話しましょう」

「……そんな」

先ほどの余裕の態度は崩れ、間の抜けた表情のコンスタンス。

後ろにいるベンリアック家の使者は、おろおろしている。

私は、藤原様と一緒に冒険者ギルドへ急いだ。

◇高月マコトの視点◇

「ソフィア王女？」

「勇者マコト、元気でしたか？」

微笑むソフィア王女であったが。

「ええ、まあ……」

俺は曖昧に答えた。だって、つい最近まで一緒にいたじゃん？

「すげぇ、ソフィア様と会話してるぞ」「やっぱり勇者なんだな……」「くそぅ、いいなぁ」

「水聖騎士団の団長とも面識あるみたいだぞ」「水の街《マッカレン》の出世頭かぁ……」

周りが騒がしい。ちなみに水聖騎士団とは、守護騎士のおっさんの騎士団のことだ。

名称がカッコよすぎない？

「こ、これはソフィア王女様。このような辺境の冒険者ギルドへ、どのようなご用件でしょうか？」

片目に大きな傷がある強面《こわもて》のおっさんが、ソフィア王女に低姿勢で挨拶している。

あれって……ギルド長だっけ？　昔ちらっとしか見たこと無いけど。

「勇者マコトが拠点にしている街を視察にきました。大げさな出迎えは不要です。まずは、彼の家へ案内してもらえますか？」

「え？」「ん？」「あら？」

俺とギルド長とマリーさんが首をかしげた。俺の家？

「家は無いですよ？」

俺は頬を指で掻《か》きながら答えた。

「どういうことですか？」

「ギルドの休憩室で寝泊りしてます」

俺の答えに、ソフィア王女が訝《いぶか》しげな目をした。冒険者なら普通だよな？

「勇者マコトの担当者は誰ですか？」

「いえ、担当なんて居な……」

「は、はい！　わたし、私です。ソフィア様！」

マリーさんが、慌てて割って入った。

（え？　マリーさんって俺の担当だったんですか？）

（一応、そういうことにしておかないとギルド長の責任になっちゃうの。話合わせて）

（はぁ……）

マリーさんがピッタリくっついてきて、俺の耳元でささやく。

息が頬に当たり、くすぐったい。ソフィア王女の目つきが鋭くなった。

「あなた、名前は？」

「水の街《マッカレン》、冒険者ギルド職員のマリー・ゴールドです！」

マリーさんが、背筋をピンと伸ばして答える。

「ギルド長、マリーさん。勇者の衣食住は、全て王家が支援することになっています。何《な》故《ぜ》勇者マコトが冒険者ギルドで寝泊りしているのでしょう？　国家認定勇者に対する規則《ルール》、知っていますよね？」

「存じております、ソフィア様……」「は、はい……」

ソフィア王女の声が、ギルドエントランス内に響く。

ギルド長、マリーさん含め職員さんたちが気まずそうに目を逸《そ》らす。

「水の街《マッカレン》の冒険者ギルドは、規則の守り方を知らないようですね」

ソフィア王女の声に、ギルド長やマリーさん、冒険者の皆まで青ざめた。

ローゼス王家から処罰が下るのでは、とか思ってるんだろうか。

（ソフィア王女、言い方がキツイからなぁ……）

王都ホルン、王都シンフォニアで一緒に行動して、ソフィア王女のことは理解できた。

この人は真面目なだけで、怖くない。俺も最初に会った時は、誤解してたけど。

「ソフィア王女、俺が勇者になったってことでみんなが連日祝ってくれてたんですよ。家を見に行く暇がなかったんです」

俺はフォローをすることにした。マッカレンの冒険者ギルドが宴会なのは本当だし。

実際は俺に関係なく、毎日宴会しているだけだが。

「そうなのですか？」

ソフィア王女が周りを見ると、ギルド職員全員が慌てて、こくこく頷《うなず》いた。

「なら良いでしょう」

納得してくれたようだ。ギルド長とマリーさんが、露骨にほっとした顔をした。

ちょうどその時、見知った顔がギルドに入ってきた。

「ソフィア王女、ご機嫌麗しゅうございますぞ」

やってきたのは元クラスメイトとその婚約者。

「ふじやんとクリスさん？」

珍しいな、冒険者ギルドに来るなんて。

「タッキー殿に良い物件がございます。王族のかたでも泊まれる客室付きの屋敷です」

「そうですか、それは良いですね」

ソフィア王女が、大きく頷いた。

んん？　俺の家だよね？　普通のワンルームで良いんですけど。屋敷ってどういうこと？　ふじやんの顔を見た。

（任せてくだされ！）

という表情を向けられた。何か考えがあるのだろう。じゃー、いいや。任せよう。

あれよあれよ、という間に街の中心近くにある大きな庭付きの屋敷が用意された。

（え？　こんな大きな家なの？）

家賃はローゼス王家持ち。なので金額は、知らない。知るのが怖い。

「わっ、大きな屋敷」「すごーい、高月《たかつき》くん」「贅沢ね、勇者って」

ルーシー、さーさん、フリアエさんには事後報告になってしまったけど、屋敷のことは気に入ってくれたみたいだ。それぞれ、好きな個室を選んでいる。

俺は、出入りが楽な、一番、エントランスに近い部屋を選んだ。

「勇者マコト。できればもう少し話をしたいのですが……」

家が決まった後、名残惜しそうにソフィア王女が告げてきた。

てっきり水の街《マッカレン》にしばらく居るのかと思ったら、これから近隣の街を視察するらしい。

ここ最近の魔物の活発化。特にこの辺は魔の森が近いので魔物被害が多い。

先日のゴブリンに攫《さら》われた女の子の例もある。そのため街々の様子を見て回るそうだ。

ハードワーカーだなぁ。

「気をつけてくださいね」

「一通り視察して、戻ってきます。勝手に旅に出てはいけませんよ」

釘《くぎ》を刺された。俺は、国家認定勇者。雇われの身である。

雇い主はローゼス王家。つまりソフィア王女は上司だ。

(勝手に旅には出るなと。上司命令か……)

実は、そろそろどこかに遠出しようと思ってたんだけど。

「水の街《マッカレン》で待ってます」

「約束ですよ、勇者マコト」

手をぎゅっと、握られた。

「は、はい」

ちょっと、ドキドキしながら頷く。

ソフィア王女とおっさん率いる水聖騎士団は、視察へ向かっていった。

その夜、ふじやんたちに夕食に誘われた。

なんでも、クリスさんと妹さんとの後継者争いで優位に立てそうだとか。

「タッキー殿のおかげですぞ！」

「高月様、お酒を注《つ》がせていただきますね」

「お好きなだけ食べてくだサイ」

ふじやん、クリスさん、ニナさんに異様に感謝されるんだけど、俺何もしてないよ？

「ソフィア王女を呼んでくれたではないですか」

「いや、俺は呼んでないんだけど……」

急に来て、俺もびっくりしたんだよ。

「まあまあ、細かい事は気になさらず」

「むぅ」

腑《ふ》に落ちないが、その夜は大いに接待された。

翌日からは、ソフィア王女が戻るまで暇なので、街の近くで魔物討伐をしていた。

単独《ソロ》だったり。パーティーだったり。今日は単独《ソロ》の日だ。

帰り道にジャンとエミリーのパーティーと出くわした。

「よ、ジャン。冒険の帰りか？」

「おう、マコト。おまえは単独《ソロ》か？」

「マコトくん、お疲れ様。ジャン、私は先にギルドに戻ってるね」

二人は近場で鬼《オーガ》を狩っていたらしい。エミリーは、たたたっと走っていった。

俺とジャンは近況を共有がてら、だらだら世間話をした。

「なぁ、マコト」

「ん？」

急にジャンが真剣な顔になった。

「実は俺……エミリーと結婚することにしたんだ」

「え？」

衝撃を受けた。け、結婚？　俺たち、まだ十代だよな？

でもまあ、こいつら幼馴染《おさななじ》みだから付き合いはかなり長いし変じゃないのかな。

「マコトのおかげだ。俺たちの育った孤児院を助けてくれたんだろ？」

熱い眼差《まなざ》しを向けられた。いや、あれは……なりゆきというか。

「今まで冒険で稼いだ金は、ほとんど孤児院に仕送りしてたんだ。でも、マコトのおかげで孤児院は大丈夫だってシスターから連絡があった。これから俺たちは自分のためにお金が使える。本当に、ありがとう！」

「んー……そっか」

たまたまカストール家に恩が売れたから、ピーターにお願いしただけで。

さーさんが、孤児院の子供の心配をしてたから、ただの思い付きだ。

「マコトは、俺たちの恩人だ」

「……どういたしまして」

俺は苦笑しながら答えた。ジャンには何度も感謝を伝えられた。

その後、ギルドの屋台でエミリーとルーシーが夕食を食べているところに合流した。

エミリーもルーシーに結婚の報告をしたらしい。その夜は、仲間内で二人の婚約を祝った。

ジャンとエミリーの結婚。……みんな身を固めてるなぁ。ふじやんも、桜井《さくらい》くんも。

俺は独り身。別に他人事《ひとごと》なんだけど……もやもやする。

最近、冒険者ギルドに行くと、独身の女冒険者が次々に話しかけてくる。

モテているということだろうけど、……人見知りには、少々ツライ。

おかげで、だんだん冒険者ギルドへの足が遠のいてしまった。

そんな時、自宅の裏を流れている水路で修行をしていたら。

「なーう、なーう」

とてとてと、一匹の黒猫が寄ってきた。

「また、おまえか」

魅了魔法の練習中、人や精霊には全然効かないのだけど、猫や犬が集まってきた。

魅了魔法を解除した後もこの猫だけは、ずっと懐いてくるようになった。

「なーう、なーう」

子猫と親猫の中間くらい。痩せ細った黒猫だ。

頭をぐりぐりすり寄せてくる。可愛《かわい》い。

「ちょっと、待ってろ」

俺は水路に手を突っ込んだ。

(水魔法・水流)

水魔法を使って、魚を捕まえる。それを黒猫の前に放り投げてやった。

「ニャ！　ニャ！　ニャ！」

焦った声をあげて、キョロキョロと辺りを見回し、がつがつと魚を食べ始める。

別にゆっくり食えばよかろうに。魚を食べ終わって「けふっ」と満足気な息をして、俺の近くにくると、すー、すー……黒猫は、丸くなって寝てしまった。

まさに、食っちゃ寝生活。いい身分やな。

俺は黒猫の背中をさすりながら、ぼーっと考えた。

（これからどうするかなー……）

勇者になってそこそこ名前が売れた。マッカレンではＶＩＰ扱いである。

仲間《パーティーメンバー》たちはどうか？　さーさんは最初から強いし、ルーシーも大賢者様のところで修行して魔法が上手《うま》くなった。

心配だったフリアエさんも、先日のゴブリンキング退治を見るに、問題なさそうだ。

（目下の課題は水の女神様《エイル》の神託だな……）

水の国《ローゼス》の崩壊。

穏やかじゃない……どころではない。

ごろごろ、と黒猫が喉を鳴らすのが聞こえた。今は平和なんだけどな。

何が起こるのやら……。いずれ大魔王が復活する。とかく、俺は強くならないといけない。

（何から手をつけるべきか……）

どうも先行きが見えない。

ちょっと、視点を変えてみる。最近、ふじやんの嫁が領主になるために頑張ってたり、同期の冒険者のジャンが結婚したりする話を聞いた。

（俺も考えた方がいいのかなぁ……）

ルーシー、さーさん、ソフィア王女……からは、アプローチされている。

フリアエさんは、……違うな。彼女は業務仲間《ビジネスパートナー》だ。

「なぁ、俺はどーすればいいかね？」

「…………なう？」

黒猫は、眠そうな目でこっちを見てくる。睡眠の邪魔をするな、と言いたげだ。

おい、誰が魚を獲《と》ってやったと思ってる？

折角の異世界だし、話し相手になってくれてもいいんだぞ？

黒猫の昼寝を邪魔していると。

「マーコト、何してるの？」

「ルーシー？」

ピンクのワンピースに赤いカーディガンを羽織ったルーシーが立っていた。

最近は魔力の扱いにも慣れて暑がり体質が改善されたのか、服装が大人しい。

前は『明鏡止水』スキルを使わないと、ドキドキして直視できなかったのに。

今は問題なくなった。……ちょっと寂しい。

「修行中だよ」

「猫と遊ぶのが？」

「猫と遊びながらも修行してるの」

「最近、その黒猫ずっと家の庭に居るわよね？　飼うの？」

「飼わないよ、ただの野良猫だし。で、何か用？」

ルーシーはうーん、と少し考える仕草をして、つつっと、上目遣いで覗《のぞ》き込んできた。

そして、ずっと前から考えていた台詞《せりふ》のように言った。

「ねぇ、マコト。これから二人で出かけない？」

◇ルーシーの視点◇

――私がまだ幼い頃の話。

「ねぇ、お母さんはお父さんと、どうやって恋人になったの？」

世界中を放浪していて、一年に一回くらいしか会えない母に私は質問した。

父がどこか遠い場所にいる、上級魔族の貴族だという話は聞いた。

凄《すご》く強い魔族らしい。エルフの魔法使いである母は、なんで魔族と結婚したのか？

私は知りたかった。母は笑って答えてくれた。

「ふふ、懐かしいわね。旅の途中であなたのお父さんと運命的な出会いをしたの」

うっとりとした目で、私に語ってくれた。

「燃えるような髪に鋼のように鍛えた身体《からだ》。綺麗《きれい》な男だったわ。出会った時、一目でこの人だと思ったの。だからすぐにアタックしたわ！」

「お母さん、情熱的！」

「でしょう！　でもね、あなたのお父さんは素敵な人だったし、地位の高い魔族だったからライバルが沢山いたの」

私の父は、モテる魔族だったらしい。

「魔族の恋愛はシンプルよ。強いほうが勝つの！」

「え？」

変な方向に話が飛んだ。

「ほら、母さんって最強の魔法使いじゃない？」

「う、うん……」

確かに木の国《スプリングローグ》で、母より強い魔法使いはいない。

木の国《スプリングローグ》の勇者より、木の巫女《みこ》よりも母は強い。

でも、それって恋愛に必要なのかしら？

「ライバルたちは全て、蹴散らしてやったわ。でもね、最後に残った上級魔族の女は強かったわ」

「ど、どうしたの？」

「ん？　戦ったわよ。でも、百回決闘しても勝敗つかなくてねー」

「……ひ、ひゃく？」

「その女を、二、三回は消し炭にしてやったんだけど。上級魔族って命を何個も持ってるから、結局生き返っちゃうのよねー。まあ、私も何回か殺されたけどさ。自動蘇生《そせい》魔法でどうせ生き返るし」

「…………………」

ドン引きだった。け、結婚するのって、そんなに大変なの!?

「で、私もその魔族女も気付いたの。決着がつかないなら、二人とも嫁にしてもらえばいいんじゃないかなって」

「え？」

「だから二人で結託して、彼に迫ったの。力づくでね」

可愛くウィンクする母の話は、とても過激だった。

「ち、ちなみにもう一人の奥さんはどんな魔族だったの？」

「えっと、たしかサキュバスの女王だったかしら。確かに女の私から見ても、色気のあるやつだったわ」

「へ、へぇ……」

サキュバスの女王？　それって魔界にいると言われる女魔王リリト？

いやいや、それは無いでしょ……。流石《さすが》にねぇ。

「ところでお父さんはどこにいるの？」

　これは何十回もした質問だ。

「うーん、ルーシーのお父さんは遠い遠いちょ〜っと危険なところにいるの。ルーシーが強くなったら、そのうち連れて行ってあげるね」

　回答はいつもこれだ。もう！　子供扱いして！

「知ってるよ！　北の大陸。魔大陸にいるんでしょ！」

　魔族は魔大陸にいる。学校で習った知識だ。

「ルーシー、魔大陸にいる魔族なんて野蛮なやつらばっかりよ。あなたの父さんがそんなところに居るわけないでしょう」

「そ、そうなの……？」

　母は、心底嫌そうな顔をした。でも、すぐ、キラキラした表情に戻った。

「ふふ、ルーシーもあと十年くらいしたら立派な魔法使いになるかしら。そしたらお父さんに会いに行きましょうね」

　十年後かぁ。

「私もその頃には、好きな人ができてるかな？」

「きっと素敵な男の子と出会ってるわ。だって私の娘ですもの」

　母は私の頭に手を置いて、力強く言った。

「恋は戦争よ！　好きになったら全力で攻めるのよ！　具体的には、人気の無いところに連れ出してなるべく身体を密着させるの。出来ればその時の服装は、露出が多いほうがよくて……」

母は、実に楽しそうに語っていた。そんな昔の母娘の会話を思い出した。

（……あのあと、おじいちゃんが「幼い孫になんて話をするんだっ！」て、母さんを怒鳴ってたっけ？）

懐かしい。当時はわからなかったが、今ならわかる。

私の母はかなりぶっ飛んでる。でも正しい。

好きな人が出来たなら、自分から行動する。待っていては駄目だ。

「最近、冒険者ギルドで知らない女の人が話しかけてくるんだよね━……つらい」

この前、マコトが面倒そうに家のソファーに寝転がって文句を言っていた。

人見知りなので、知らない人との会話が弾まなくて憂鬱らしい。

（それって、狙われてるんだからね。わかってるの？）

絶対、わかってなさそう……。

ある時、ギルドでこんな会話が聞こえてきた。

「ねぇ私、マコトさんに告白しようと思うの！」

「え、同じパーティーのルーシーちゃんとアヤちゃんは？」

「うーん、一応恋人みたいだけど、まだ深い仲じゃないんだって」

「へぇ！　まだヤッてないんだ？」

「そうそう、ルーシーちゃんって、あー見えて奥手よね」

「チャンスね。今度、迫っちゃおうっと」

「私もー。勇者様の玉《たま》の輿《こし》狙おうっと」

こいつら！　昔はマコトのことゴブリンの掃除屋《ゴブリンクリーナー》ってバカにしてたじゃない！

「今度、飲み会しようよ！　マコトさん誘って」

「彼、お酒弱いよね。すぐ寝ちゃうし」

「じゃあ、お酒に酔わせてあとは……」

マズイ。女冒険者は、積極的だ。彼女たちは生涯冒険者を続ける気は無くて、将来有望な旦那を見つけてさっさと引退するパターンが多い。

新人勇者で独身。垂涎《すいぜん》の的だ。アヤに教えてもらった言葉で言う、カモネギだ。

だから、私は家の庭で猫と戯れているマコトに声をかけた。

◇高月《たかつき》マコトの視点◇

「こっちこっち」

ルーシーに誘われて、やって来たのは懐かしの大森林だった。奥へどんどん進んでいく。

「おーい、あんまり進むと危険だよ」

「大丈夫。私の『聞き耳』スキルなら数キロ先の敵でも把握できるから」

ルーシーが振り返らずに、応える。じゃあ、いっか。

にしても、二人で出かけたいって大森林なのか……？

（お、この先に大きな魔物がいる）

『索敵』スキルが反応する。ルーシーも当然気付いているのだろう。

立ち止まり、杖《つえ》を構えている。

ドスドスと、重い足音で地面が揺れ、ぬっと、大きな姿を現したのは三体の鬼《オーガ》だった。

「ルーシー！」

俺は、油断なく短剣を構え精霊魔法の準備をした。

「大丈夫、マコト。任せて」

ルーシーが杖を掲げた。

「火魔法・炎の嵐《ファイアストーム》」

無詠唱で、上級魔法を三体の鬼《オーガ》へ叩《たた》き込んだ。

――ギャアアアアアー！！！！

鬼《オーガ》たちは、断末魔の叫びを上げて息絶える。

あ、あっさり終わったなー。俺は、ぼけーっと黒こげになった鬼《オーガ》の残骸を眺めた。

出番が無かった俺は、短剣を腰の鞘《さや》にしまった。「ルーシーお疲れ」と言って振り返ると――真剣な顔をしたルーシーがこちらを見つめていた。

「ねぇ、マコト覚えてる？　ここって私が昔大鬼《ビッグオーガ》に襲われた場所なの」

「え？　そうだっけ？」

「うん、マコトに助けてもらった場所。忘れないよ」

大森林は似たような景色が続くので判別が難しい。

ルーシーは森で生まれ育ったエルフ族なので、その辺の認識力が違うようだ。

「あの時ね、マコトすっごくカッコよかった！」

「そ、そうかな？」照れる。

「その後、パーティーで冒険したけど私の魔法って失敗ばっかりで……。でも、見捨てずに付き合ってくれた」

「まあね」

俺だってルーシー以外に仲間のあてがなかったからなぁ。

「そのあと、マコトがグリフォンとの戦いで、火魔法で倒して大火傷《おおやけど》した時、言ってくれたよね。『私が必要なんだ』って」

「あー、うん」

落ち込んでるルーシーを励ます時に言った気がする。

（あら、覚えてないの？　マコト、酷《ひど》い男ね～）

（ノア様、……覚えてますよ。うっすら）

（ふふっ、悪い男）

ノア様と会話していると、ルーシーが俺との距離を詰めてきた。

「でもね、本当は気付いてたの。マコトは優しいから、そう言ってくれたけど。本当はマコトは一人でもなんとかしてたよね？」

「そんな事は……無いよ。ルーシーに沢山助けられたし」

「ううん、大迷宮《ラビュリントス》で魔物を倒した時も、王都ホルンで忌まわしき巨人を倒した時も、シンフォニアでも。きっとマコトは自力で何とかしてたわ。私がいなくても勇者になっていた気がする」

「……買いかぶり過ぎだよ」

俺はルーシーの過分な評価に、苦笑するほかなかった。

「私は、マコトに追いつきたかった。大賢者様のところで修行して、本当にマコトに必要って言ってもらいたかった」

何を今さら。ルーシーはとっくに必要な存在で……そんなことを考えていると、ルーシーの手が俺の背中に回っていた。

「マコト」ルーシーが真っすぐな視線を向けて、俺を見つめてきた。

「は、はい。何でしょう？　ルーシーさん」

「私強くなったよ。勇者の仲間として胸を張れるかわからないけど、昔みたいに足を引っ張ってばかりじゃなくなったの」

「ああ、強くなったよ」

「本当？　私、マコトの役に立ってる？」

「当り前だろ。助かってるよ」

「良かった……。じゃあ、ご褒美が欲しいな」

「ご褒美？」

ルーシーが、すすっと近づいてきた。ルーシーの整った顔が間近に迫る。

足のつま先同士がぶつかった。

「んっ」

ルーシーが意味深に笑い、かかとを上げ――唇を押し当ててきた。

（……!?）

柔らかい感触と熱い息が、直《じか》に伝わる。ルーシーの手が腰辺りにまわり、俺の身体《からだ》が引き寄せられた。ルーシーとのキスは二度目だ。

（……こういう時は）

慌てず俺もルーシーの背に手を回して、抱き寄せ目を閉じた。

日の光が僅かに差し込める暗い大森林の中、ルーシーと抱き合う。

たっぷり三十秒ほどキスをして、さてもう十分かな？　と思ったらルーシーが体重をかけてきて、俺はその場にゆっくりと倒れた。その上にルーシーが跨《また》がる。

ルーシーは慣れない手つきで、俺のシャツのボタンを外し自分も胸元を開いた。

「知ってる？　エルフって、初体験は森の中でするとその恋人と別れないって言い伝えがあるの？」

「へ、へぇ……」

知らなかったなぁ……って、えっ!?

大森林は静かで、俺たち以外の気配はしなかった。

俺がぼんやりしている間に、ルーシーの指が俺の身体を怪しく這《は》った。

「マコト……んっ」「むぐっ」

再びルーシーに唇を奪われた。さっきと違い、目を閉じる余裕が無い。ルーシーも同じで、興奮しているのか顔が赤い。ついでに、体温もいつにも増して高かった。

カチャカチャと、俺のズボンのベルトが外された。

「る、ルーシー……」

「いいから……私に任せて」

そう言って再び、キスが続いた。どーしたものか……と、思っているとふと俺の視界の端に、赤く小さな光が舞っているのが目に留まった。

その赤い光は初めて見るが、似ているものを俺はいつも目にしていた。

（……精霊？　赤いってことは、火の精霊だろうか……）

確か、前にキスをした時も同じような光が視《み》えた。

ルーシーとキスをすると『火の精霊』が視える……のか？

「マコト……私とは……嫌？」

俺が上の空だと思ったのか、不安げなルーシーの顔があった。

「嫌じゃないよ」

俺は一旦光の事を忘れルーシーを強く抱きしめた。そして、服がはだけたルーシーの胸に手を置いた。「んっ！」とルーシーが高い声で小さく喘《あえ》ぐ。その声が可愛《かわい》かった。

真っ赤な顔も、恥ずかしいのに強がってる表情も、全てが愛《いと》おしかった。

（いけー！　漢《おとこ》になれー、マコト！　ファイト！）

ノア様が視てなければ、なおよかったんだけどなぁ……。

盗聴・盗視している女神様を無視して、ルーシーに向き直った時、

「グアアアアア！」

「「えっ!?」」

突然、俺たちの近くに巨大な大鬼《ビッグオーガ》が現れた。こいつ、いたのかよ。さて、どうしようか
少しだけ迷った末——折角だし、火の精霊を使ってみることにした。

ルーシーは固まってるし。俺は右手を前に出し、火魔法を唱えた。

「火魔法・火槍《ファイアランス》」

俺の右手から、大砲のような火の槍《やり》が飛び出し、大鬼《ビッグオーガ》に突き刺さった。

悲鳴を上げる間もなく、大鬼《ビッグオーガ》は灰になった。つ、強いな、これ！

「ま、マコト……？　今、火魔法使った……？」ルーシーが呆然《ぼうぜん》と呟《つぶや》いた。

「ここは危ないから、街に帰ろうか？」

「そ、そうね……」

俺たちは服を着替え、そそくさとマッカレンへ戻った。


「ふふん、今日は私とマコトが大森林で深い仲になったもんね！」

「「ええ～！」」

ルーシーがギルドの酒場で、他の女性冒険者に今日のことを喧伝《けんでん》している。

未遂だし、恥ずかしいからやめてくれませんかねぇ……。

「ちょっと、マコトくん！　そうなの!?」「高月くん！　その話詳しく！」

マリーさんと、さーさんに詰め寄られた。

「あんた……冒険じゃなくて、そんなことしてたの？」

フリアエさんからは、冷たい視線をいただいた。いや、なりゆきで……。

夕食の間は、色々と語らされることになってしまった。

夜は、変わらず水魔法の修行だ。修行をしながら……昼間のことを思い出した。

（そういえば、ルーシーにキスをされたら火の精霊が視えた）

これはどんな理屈なんだろう。あとで、ノア様に聞いてみようかな。

そんなことを考えながら……、気がつくと寝てしまっていた。

◇佐々木《ささき》アヤの回想◇

――中学三年の頃の話。

とあるハンバーガーショップで、私たちは受験勉強をしていた。

高月《たかつき》くんは、さっきから数学の問題をずっと解いている。

「高月くん」「ん？」

私が呼ぶと、高月くんが参考書から視線を外してこちらを向いた。

放っておくと、何時間でも続く集中力。よく持つなぁ……。

「どうかした？　さーさん」

「そろそろ、休憩しよ～？」

「ああ、そうだね。休憩しようか」

私は、随分前から集中力を切らしていた。

けど、邪魔しちゃ悪いかなと思って付き合っていた。

（二時間、会話無しって……）

これが女友達だったら、十分と持たずにしゃべり始めるのに。

高月くんは甘いものが欲しいのか、マッ〇シェイク（バニラ）を買ってきた。

私も欲しいかも。

「ねー、一口頂戴」「え？　うん」

高月くんからシェイクのコップを奪って、ストローに口をつけた。

あー、甘い。美味《おい》しい。高月くんが、ちょっと赤くなっている。

あ、間接キスか……。まあ、いっか。いつものことだし。

あとで、何かしょっぱいものでも買ってお返ししようかな。

私は勉強に飽きていたので、高月くんへ話しかけた。

しばらくは、とりとめのない雑談をした。

「ねぇ、高月くんは、なんで東品川《ひがししながわ》高校に行きたいの？」

ふと、気になって聞いてみた。

「だって、さーさんも同じ高校だろ？」

「え？」

私と同じ高校がいいってこと？

「……友達がいる学校がいいじゃん？」

ぷいっと、横を向いて照れたように高月くんが言った。

「あ……うん」

そ、そっかー。へ、へー、私と一緒がいいんだ……。

そう言われると、少し嬉《うれ》しい。

彼を好きになったタイミングは覚えてないけど、多分この受験勉強の時期が、一番彼を意識していたと思う。

「勉強って本当にツマラナイよね」

と頬杖《ほおづえ》をつきながら、何時間でも参考書を眺めている彼を見るのが好きだった。

それから、私と高月くんは、無事同じ高校に合格して、同じクラスになれた。

そこで、藤原《ふじわら》くんが高月くんと仲良くなって、ちょっとヤキモチ焼いたけど。

いつも一人だった高月くんに、私以外の友達ができたのはよかった気もした。

三人でもちょくちょく遊ぶようになり。勿論《もちろん》、二人でも相変わらず遊んでいて。

そろそろクリスマスだし告白しなきゃなー、って思っていた時。

——私は死んで、異世界でラミアに転生した。


私が転生した先は、暗く湿った迷宮《ダンジョン》内。

冷たい石の床には、不気味な蟲《むし》が這っている。そこが寝床だ。着るものは無い。

食べ物も少なく、生き残るために何でも食べるしかなかった。

日本育ちの私には、あまりに辛《つら》い環境だった。

苦しくて、寂しくて、情けなくて。最初は、ずっとしくしく泣いていた。

（ああ、神様。私は何か悪い事をしましたか………？）

どこに行っても、居るのは魔物ばかり。

一応、人間も居る。彼らはこの世界で、冒険者と呼ばれている。人間は魔物の敵であり
『餌』だ。私はラミア族。人間を食べる魔物——化け物だった。

唯一の救いは、一人じゃなかったこと。沢山の姉妹たちと、大母様がいた。

最初は怖かった狩りも、だんだん慣れてきて。家族のことが好きになって。

……でも、みんな死んでしまった。

ああ、もう最悪、最悪、最悪、最悪、最悪、最悪、最悪、最悪、最悪、最悪！

何で何で何で何で何で何で何で何で何で何で何で何で何で何で私はこんな目に遭うの!?

せめて、前世の記憶なんて無ければよかったのに！

人間だった頃の記憶なんて要らない！

最初から魔物として生きさせてよ！

何百回、そう思っただろう。辛い…………辛いよ……。

楽しかった頃を覚えているせいで、迷宮《ダンジョン》の惨めな生活と比較してしまう。

これは悪夢だと思い、目が覚めると日本に戻っていることを願った。

眼《め》を覚ますたびに、絶望感が押し寄せてきた。

あの時、自殺せずに済んだのは家族の仇《かたき》を討ちたかったから。

あのまま大迷宮《ラビュリントス》に居たら私は正気を保てなかった。

きっと、気がふれていた。家族の仇《かたき》を討って、その後に独りで生きようという気力は無かった。ひっそりと死のうと思っていた。でも。


――高月くんに再会できた。


助けてくれた。私が魔物でも、彼は気にしなかった。

冒険者生活で、ちょっとだけ落ち着いた雰囲気を身につけていて、カッコよくなっていた！　でも、いつもの高月くんだ！

私が好きな彼だ！　私は、高月くんに救われた。

私に「一緒に帰ろう」と誘ってくれた。

たった独り迷宮《ダンジョン》で過ごした地獄のような孤独な日々と比べれば、マッカレンに来てからの生活はキラキラしていた。

高月くんと、一緒に居られたら幸せだった。

それだけでいい。他は何もいらない。私が欲しいのは、高月くんだけ。

私は…………………………もう、独りは嫌。

◇高月マコトの視点◇

（ん〜……、何か重い）

目が覚めた。

顔に何かが触れている。払いのけようとして、薄目を開き——月明かりと淡いランプの光の中で、間近に俺を見つめる二つの眼があった。

猫？　いや、もっと大きい。

俺の身体《からだ》の上に覆い被《かぶ》さったさーさんが居た。さーさんの髪が俺の頬をくすぐっている。

あたりを見回す。荷物がまったくない俺の部屋だ。そして、ここはベッドの上。

「あ、あの……さーさん。何やってるの、かな？」

「遊びに来たよ、高月くん」

「……え？」

悪戯《いたずら》っぽいその表情は、中学から何度も見ている、友人の笑顔だった。

というか、悪い事考えている顔だ！　ちょっと、さーさん？

暗い部屋のせいだろうか。瞳に光が無い。暗い瞳で、可愛《かわい》く微笑《ほほえ》んでいる。

……何か怖い。

「や、やぁ、どうしたの？　こんな時間に」

「夜這《よば》いに来たよ♡　高月くん」

よばい……夜這い!?

急にこんな事を言ってくるのは……、ルーシーの一件のせいかな？

「こんな体勢じゃなんだし。起き上がっていいかな？」

現在、俺はさーさんが肘をついた両手に顔を挟まれ、上に覆いかぶさられているため身動きが取れない。

「高月くん……」

さーさんは、どこうとしない。顔は鼻同士がくっつく程近い。

「高月くんって、るーちゃんとはまだなんだよね？」

「ああ……夕食の時にも言っただろ？　未遂だって」

「ふふ、そうだよね……」

さーさんが、クスクス笑う。

さーさんが、真剣な表情で「ねぇ、高月くん」と顔を寄せてきた。

「私、中学三年の時から高月くんのことが好き」

「さーさん……」

「まあ、高月くんにとっては、私は単なる女友達だと思うけど……」

悲しげな表情で、視線を逸《そ》らされた。

「え？」

あれ？　俺がさーさんをどう思ってるかって？

「俺はさーさんのこと、中学一年の秋頃からずっと好きなんだけど？」

むしろ俺がさーさんを好きな期間のほうがずっと長い。

「……………………へ？」

さーさんが、とびきり間の抜けた顔をした。

「ち、中学一年の秋って、私と高月くんが仲良くなってすぐの頃だよね？」

「正確には、さーさんが初めて俺の家に来た日からかなぁ」

初めて出来た女友達が、家に遊びに来てくれて、意識し始めた。

「そ、それだけ？　高月《たかつき》くん、単純過ぎない？」

中学生の男なんて単純なんだよ。

「親が不在の男の家に、一人で遊びに来るさーさんも、大概だと思うけどね」

しかもこの子、人のベッドにすぐ寝転がるし。普通に下着見えてたし。

その日は、そのベッドで寝れなかった。さーさんの匂いがして。

「えっ？　えっ!?　ちょ、ちょっと待って！」

さーさんが自分の頬を押さえ、キョロキョロしている。

「も、もしかして、中学三年からずっと私たちって両思いだった……の？」

「みたいだね」

さーさんに、中学から好かれてたとは知らなかったなぁ。

クラスの男子には、割と人気があったし。俺なんかとは付き合えないと諦めてた。

「う、うそ……。え、えぇ……えっと……、い、今は？」

見慣れた少し丸顔の、友人を見つめる。

やや童顔で、人懐っこい小動物のような雰囲気。

中学の頃は、変に意識し過ぎない様に気を使ってた記憶が蘇《よみがえ》る。

今は『明鏡止水』スキルで、態度だけは冷静を保ててるけど。

「今も好きだよ」

「……はぁ」

さーさんが、こてんとベッドの隣に寝転んでしまった。

「結構緊張して告白したんだけどなぁ……」

「緊張してた？」

「してたよ！」

がばっと、起き上がりきーっと怒りの態度を見せてきた。

「高月くんは、るーちゃんと深い仲になったって聞いたし。そしたら私はどうすればいいかなって……ところで、るーちゃんとは本当に最後までしてないの？」

「…………………あのさぁ」

何回も聞かないでくれませんかねぇ。

「してません」

ふぅ〜ん、とさーさんが怪しく微笑んだ。

「そっかぁ、ところで高月くん。私のお願い聞いてくれないかな」

「……俺に、できることなら」

ドキドキしつつ、さーさんの言葉を待った。

「……高月くん。私、家族が欲しいな」

「かぞく？」

さーさんの言ってきたことは、一瞬意味がわからなかった。

俺が聞き返すとさーさんは、はにかみながら顔を近づけてきた。

耳元に口を寄せて、息がかかる距離で囁《ささや》いた。

「高月くんの子供が欲しいなぁ」

「っ!?　さ、さーさん……ちょ、ちょっと待っ」

「駄目。待～たない☆」

頬にひんやりした手があたり、さーさんの顔が迫りそのままゼロ距離まで近づく。

キスをされた。さーさんが俺の身体の上に乗って逃れられない。

さーさんが俺の上着を脱がせてきた。

「ね……脱がせて……」

俺は喉を鳴らし、さーさんの上着に手をかけ、ボタンを外した。

「んっ」もう一度、唇を重ねられた。

中学時代から、想《おも》い続けてきた女の子。その子と……。

「あれ？　高月くん、息が荒いよ？」

さーさんが、挑発的な目で笑いかけてくる。

俺は返事をせず、服がはだけたさーさんを抱きしめた。

さーさんも強く抱きしめ返してくる。

しばらく、俺とさーさんの息遣いだけが部屋に響いた。至近距離で見つめ合う。

「……しよ、高月くん」「さーさん……」

そこから先、言葉は不要とばかりに俺たちは抱き合い……。

「ちょっと！　アヤ！　待ちなさいって！」

ノックもせずに、ルーシーが飛び込んできた。

「るーちゃん、邪魔は無しだよ」

少し不機嫌な声でさーさんが言い放つ。

「る、ルーシー？　聞こえてた？」

「窓が空いてるし、私の耳なら全部聞こえてくるのよ！」

確かに窓は全開だった。が、さーさんはマイペースだった。

「あ、アヤ！　何をするつもり！」

「高月くん、続き……ね？」

「子作り」

「こっ……、!?」

ルーシーが絶句する。さーさん、その言い方はちょっと……。

「なら、私も一緒だって言ってるでしょ！」

ルーシーまで上着を脱いで、ベッドに上がってきた!?

ルーシーがさーさんを横目で睨《にら》み、さーさんも睨み返す。

しゅ、修羅場かっ!?　と身構えたが特に、喧嘩《けんか》には発展しなかった。

「高月くん……」「マコト……」

二人が熱っぽい顔で迫って来る。

「さーさん、ルーシー。冷静に……」「駄目よ」「無理♡」

俺の言葉むなしく、二人に押し倒された。それを押し戻す力はない。

(ああ、今日俺は大人になります……)

「うるさいわね！　深夜に騒がしいのよ！」

フリアエさんが怒鳴り込んできた。

「朝まで寝てなさい！　睡魔の呪い！」

この声を最後に、俺は耐えられない睡魔に襲われた。

眼《め》を閉じる直前、左右に眠りこけているさーさんとルーシーの横顔が見えた。

(凄《すご》いな、この二人にも呪いの効果があるのか……)

何となく強キャラには、状態異常魔法は効かないイメージがあるけど。

流石《さすが》は、月の巫女《みこ》の呪い。

——俺は、意識を失った。

三章　高月マコトは、女神様と語る

「おはよう、モテ勇者くん」

目を覚ますと、目の前にノア様が居た。

そして、俺は女神様へ挨拶をしようとして、気付いた。

──ノア様の隣にもう一人の女性がいることに。

慈愛に満ちた笑顔。透きとおった金色《こんじき》の髪に、青いドレス。

人とはかけ離れた神聖な空気を放つ御方《おかた》がそこにいた。

「はろー、マコくん」

その女性は、俺を旧知の間柄のようにひらひらと手を振ってこちらへ微笑んだ。

会うのは二度目……いや、正確には三回目だ。

だけど、水の国《ローゼス》においてその御姿を見る機会は三回どころではない。

水の神殿で、マッカレンで、王都ホルンで……水の国《ローゼス》の至る所に、その御方を模した石像や肖像がある。目にしないことはないと言ってもいい。

水の国《ローゼス》の全国民が、敬っているその御方の名前。

「水の女神様《エイル》……」

俺はぽつりと呟《つぶや》いた。世界を支配する聖神様の一柱。何故《なぜ》ここに……？

「そうでーす、マコくん☆」

ニッと笑い、その瞳が黄金に怪しく輝く。

その煌《きら》めきは、魂を吸い取るように美しく、目線が離せず、魅入ってしまうような気がする。それ……『魅了眼』ですよね？　エイル様。

「やめなさいって！」

ノア様が、水の女神様《エイル》の頭をぱしっとはたいた。

「痛ったぁ。でも、本当にマコくんって『魅了』が効かないのねー」

頭をさすりつつ、水の女神様《エイル》は悪びれる様子が無い。

「本当、油断ならないわーコイツ。マコト、私以外に魅了されちゃだめよ？」

「ノア様にも魅了されたこと無いんですけどね」

勿論《もちろん》、他の女神様になびくつもりはありませんよ。

水の女神様《エイル》は俺とノア様の会話を聞いたあと、ぎょっとした表情を見せた。

「ねぇ、ノア！　あなた『真の姿』をマコくんに見せてるの？」

「そうよ。それが何？」

「……夢の中とはいえ、女神を直視して正気を保てるの……」

水の女神様《エイル》が、呆然《ぼうぜん》としている。

「どういう意味ですか？」

何、その気になる会話。正気を保てる？

「マコくん、普通の人間は神の姿を直視できないの。存在の次元が違い過ぎて、脳がパンクしちゃうのよ。だから、私たち女神が巫女に会話する時は、『声』だけ。姿は基本的には見せないようにしているの」

水の女神様《エイル》が説明してくれた。確かに巫女は声だけしか聞けないって話は有名だ。

それに、さっきから水の女神様《エイル》の御身体《おからだ》が光を放っていて眩《まぶ》しい。

これって、そのための光？　んん？　でも、ノア様って最初から姿見せてたよな？

「ノア様……」

俺と初めて会った時、実は危なかったのでは？

てへっ、と顔をしてノア様が、可愛《かわい》く舌を出した。こ、この女神《ひと》は……。

「マコトったら『外世界からの視点』って反則技のせいで、まったく魅了が効かないんだもの。エイルも、そんな『後光』を使わなくても問題ないわよ」

「あら、そうなの。じゃあ、光止めようっと」

と言いながら、水の女神様《エイル》を包んでいた眩《まばゆ》い光が消えた。

あー、その光って自在にＯＮ／ＯＦＦできるんですね。

「ところで、エイル様がなぜこちらに？」

もっとも俺も聞きたいことがあったから、来てくださったのは非常に助かる。

「ふふ、マコくんとお話に来たのよ、勿論」

怪しく光るその目は、いつかソフィア王女の身体に降臨していた時のそれだ。

「水の国《ローゼス》が滅ぶ……。もっと具体的に教えてくれませんか？」

「それねー、私も調べてるんだけど、全然わかんなくてさー」

「それじゃあ、防ぎようがありませんよ」

「多分、蛇の教団は関わっていると思うんだけど……」

他神への信仰が強いほど、信者はその加護によって守られ未来が視《み》えない。

蛇の教団は、狂信的な悪神王《ティフオン》の信者のため、聖神族では予知が難しい。

「困りましたね……てか、なんで滅ぶって未来だけはわかるんですか？」

「えっとね、運命の女神《イラ》ちゃんに教えてもらったの」

全ての未来を見通すという運命の女神《イラ》様。なるほど……それは楽観できない状況だ。

「ソフィアちゃんにも、蛇の教団の動向には注意するよう神託を授けてるから、協力してあげてね☆マコくん」

「はぁ……わかりました」

そーいうことなら、今すぐやることは無いわけか……。

となると、次に話すべきはノア様だ。

俺が女神様のほうを向くと、視線を合わせずスマホをいじっている。

「ノアさ……ノア様？」

え？ってか、神界にスマホってあるの？

「……ふん、なによ。エイルとばっかり話して～」

あっ、やべ。ノア様が拗《す》ねてる。

「拗ねてません～、拗ねてないから～」

めっちゃ拗ねてる。

「お、俺はノア様第一ですよ？　ノア様無しでは生きていけません」

慌てて女神《ノア》様のご機嫌を取った。

「あら、そう？　仕方ないわねー」

ノア様が、スマホをぽいっとその辺に捨てた。良かった、機嫌が直ったか？

「で、何が知りたいの？」

「水の大精霊《ウンディーネ》が、まったく現れてくれないんです」

毎日のように呼びかけているのに、全く反応が無い。

太陽の国《ハイランド》で力を貸してくれたのは、何だったのか。

「言ったでしょ？　本来水の大精霊《ウンディーネ》ちゃんを呼び出すには水魔法の熟練度が『１０００』必要なの。この前は、偶然マコトが困ってたから特別に手を貸してくれたのよ」

「ラッキーだった……ってことですか？」

「そ。とは言っても、マコトは精霊に好かれてるし、マコトがピンチになればまた助けてくれる可能性はあるわよ。でも、毎回助けてくれるとか甘いこと期待しないほうがいいわ。精霊は気まぐれだから」

うーむ、戦略には組み込めないか。運に左右され過ぎる。

魅了魔法を覚えたからって、いつでも水の大精霊《ウンディーネ》が呼び出し放題、ってわけにはいかないようだ、残念。

「それじゃあ、次に……火の精霊が突然視えたのは何でですか？」

「あー、ルーシーちゃんとキスしてた時の話ね」

「そうです！　俺も火魔法が使えたんですよ！」

俺は興奮気味に言った。あれはテンションが上がった。

「マコくんって、女の子とキスするより火の精霊に興奮してるの？　変態かしら」

「エイル様……酷《ひど》いことを言いますね」

変態は酷いだろう。ルーシーとのキスと火の精霊……どっちも重要だな、うん。

「火の精霊が視えたのは、『契約』のおかげよ」

「契約？」

ルーシーと契約なんてしてないけど？

契約してるのは、フリアエさんとの『守護騎士の契約』だけだ。

「別に契約って、一種類だけじゃないのよ？」

そう言いながら、ノア様がパチンと指を鳴らすと空中にホワイトボードが出てきた。

久しぶりの女性教師モードだ。あ、服装まで変わった。

「まず一つ目。私とマコトは『魂の契約』を結んでるわ。信仰という心を捧《ささ》げてもらうから。マコトは神器と『精霊使い』スキルを得た」

「勿論、覚えてますよ。邪神様」

「天罰！」

ノア様に頭をはたかれた。

「ノアは天界にいないでしょ？」

水の女神様《エイル》が呆《あき》れたようにツッコんだが、ノア様は華麗にスルーした。

「次に、マコトとフリアエちゃんの『守護騎士の契約』。別名『言葉《ことのは》の契約』。あなたは月の巫女を守る義務を負い、『魅了』スキルを得た」

「現状は、猫が寄ってくる程度の効果ですけどね」

「ま、まあ、そこは頑張って☆」

むぅ……。そのうちグリフォンを操れたりしないかなぁ。

無理そうだなぁ。フリアエさんに頼んだほうが、手っ取り早そう。

「で、三番目。マコトとルーシーちゃんの『恋愛契約』ね」

「んん？」

いきなり変なワードが出てきた。恋愛契約？

「何言ってるのよ。キスすることは恋人の証《あかし》でしょ？　マコトの前の世界だって、結婚式では『誓いのキス』を交わすじゃない？」

ノア様は、さも当然のように言ってくる。そんなん言われても。

「結婚式に出席した事なんて無いですよ」

「ドラマとかで見るでしょ？」

あー、確かに見た事があるような無いような。つまり――。

「俺とルーシーは恋人同士だから同調《シンクロ》できたってことですか？」

「キスしている間は、恋人とみなされて精霊が祝福してくれたのよ」

な、なるほど。そーいう理屈だったのか。

「ちなみに『恋人↓婚約↓結婚』で契約のチカラは強くなるわよ」

「へぇ……ロマンチックですね」

俺が感心していると、水の女神様《エイル》が意味ありげにニヤリと笑った。

「ノアの説明だと不足があるわね。ルーシーちゃんとマコくんの契約は、別名『躰《からだ》の契約』とも呼ばれてるの」

「え？……躰の契約？」

急に生々しくなったぞ。

「躰の契約は、相手との行為が過激なほど強い契約になるわ。キスよりも、愛撫《ペッティング》……、そしてさらに……性《セッ》く」

「ちょ、ちょ、ちょ、エイル様!?」

そーいう契約なの!? 全然ロマンチックじゃないぞ!?

「つまりルーシーちゃんを抱けば、さらに強い魔法が使い放題！ やったね、マコくん☆」

「なんて酷い契約なんだ！」

お、恐ろしい契約だ……。

「ちなみに火の精霊を視るには、毎回ルーシーちゃんにキスしないといけないわよ？ マコトは火魔法の適性が無いから」

やっぱりキスは必須条件なのか。その状況を想像してみた。

——なぁ、ルーシー。今日は火魔法の練習するから唇を貸してくれよ。いいだろ？

「あかん！」

なんだ、このクズ《俺》は！

とりあえず、さーさんには確定でぶっ飛ばされる！

あと、ゴミを見る眼《め》を向けてくるフリアエさんの顔が脳裏に浮かんだ。

「……駄目だ。火の精霊はあきらめよう」

「えぇー、諦めちゃうの？　いいじゃない、キスくらい」

「そうそう。こんなお手軽に強い力が手に入るのに勿体《もったい》ない」

この女神様たち……、人のことだと思って好き勝手言いやがる。

そんな簡単に手が出せるなら、今頃とっくに童貞を卒業してるんだよなぁ。

「そろそろ時間かしら」

ノア様の言葉通り、目の前の景色が揺らいだ。

「そ、それでは、色々と教えて頂きありがとうございました」

俺は二柱の女神様に跪《ひざまず》いて、御礼《おれい》を言った。今日の話は情報量が多かった……。

「じゃあね、マコくん。ソフィアちゃんによろしくね」

「マコト、身体に気を付けるのよ」

女神様の声を聞きながら、俺の意識はまどろみに落ちた。

◇

目が覚めると一人だった。そーいえば、昨夜は怒ったフリアエさんに睡魔の呪いをかけられたはずだけど、ルーシーとさーさんの姿は見えなかった。

顔でも洗おうと、一階へ降りた。

（……フリアエさん、怒ってるかなぁ）

リビングには、フリアエさんだけでなく、ルーシーとさーさんも居た。

「おはようー」

「あ、マコトだ」「おはよう、高月《たかつき》くん」

挨拶をすると、ルーシーとさーさんがぱっと振り向いた。

「おはよう、マコト。昨日はよく眠れた？」

「おかげ様で……どしたの？」

ルーシーがすすすっ、と近づいて腕を絡めてきた。

「今日は私の番だからね。夜は待っててね」

「な、何が……？」

「……」

昨日のノア様と水の女神様《エイル》との会話を思いだした。躰の契約か……。

「もうー、口で言わせる気？　マコトってばエッチなんだから」

「ちょっと、るーちゃん。昨日はるーちゃんに邪魔されたから、私も行くよ」

「えぇ～、アヤも来るの。まぁ、良いけど。三人かぁ」

ルーシーとさーさんは、一体何の話をしているのかな？

「あなたたち。盛るなら恋人宿《ラブホ》にでも行ってくれないかしら……」

フリアエさんにじとっとした目で睨《にら》まれた。おっと、いかんいかん。

「二人とも、姫の安眠妨害なので今日は大人しくしましょう」

「えぇ～、そんなー」

「そっかぁ、残念」

ルーシーとさーさんを説得し、俺たちは朝食を取ることにした。

献立は、ごはんにみそ汁、焼き魚に卵焼き、漬物まであった。

作ったのはさーさんだ。すげーな、完璧に和食が再現されてる……。

「どうやって食べるの？　これ」

フリアエさんが、箸を不思議そうに眺めている。

「フーリはフォークで食べればいいのよ、マコトとアヤみたいには食べられないから」

「ふぅん、異世界の食器なのね……。あら、このスープは不思議な味で美味《おい》しいわね」

「ほんと？　ふーちゃん、おかわりあるから言ってね」

わいわいとした食事になった。フリアエさんも、和食がお気に召したらしい。

食後に、お茶を飲んでいるとフリアエさんが話しかけてきた。

「ところで私の騎士。あなたどうして『魅了』を常に使っているの？」

「え？」

変な事を言われた。俺が『魅了』を使ってるって？

「使ってないけど？」

「鏡を見てみなさいよ」

首を捻《ひね》りながら鏡を見ると、瞳の色が淡いオレンジに光っていた。

「え？　あ、あれ？」

全然、意識してなかった。これ、まずくない？

「まあ、その程度の魅了魔法なら小動物くらいにしか影響ないでしょうけど」

まずくなかった。

「でも、自分に好意を持っている人間や、月属性が強くなる夜の時間なら人間にも効くかもしれないから気をつけてね」

「駄目じゃん！」

それ、もしかして……俺はルーシーとさーさんに視線を向けた。

二人は「『？』」という顔して、意味がわかってないみたいだ。

「ご、ゴメン、ルーシー、さーさん。昨日の俺は二人を魅了しちゃった……かも」

仲間になんてことを……と深く頭を下げた。

「何言ってるのよ。マコトの事を好きだなんて、今更なんだから魅了されようとされまいと関係ないわ」

「そうだよ、高月くん。別に魅了されたから昨日のことしたわけじゃないよ」

「そっか……」

よかった。二人が気にしてないようで。

いや待て、このまま『魅了』スキルを使いっぱなしは良くない。

「姫、これってどうやって制御すればいいかな？」

「んー、私の場合は物心ついた時から『魅了』を使いこなしているから、無意識なのよね……。ちょっと、眼を見せなさい」

というと、フリアエさんがぐっと顔を近づけ、俺の瞳を覗《のぞ》き込んだ。

前髪同士が触れ合うくらいの位置に、フリアエさんの顔が迫る。

「細かい制御は、鏡を見ながら練習するしかないわね……。一旦、目の近くの魔力《マナ》を抑えてみなさい。それで収まるはずよ」

「ふむふむ」

俺はフリアエさんの黒曜石のような瞳を間近で見ながら、魔力を操った。

「ど、どうかな？」

「うん、瞳の色が黒に戻ったわ。成功ね」

「よかった。ありがとう、姫……何してるの？」

今度はフリアエさんの目が、金色《こんじき》に輝いてる。

「この距離ならどうかなーって」

「だから、俺は『魅了』が効かないんだって」

「納得いかないわねー。……って、魔法使いさん、戦士さん、何故《なぜ》私の腕を摑《つか》むの？」

「はーい、マコトと離れましょうねー」

「ふーちゃん、高月くんを誘惑しないで～」

フリアエさんは、俺に『魅了』が通じないことが、未《いま》だに納得いかないらしい。

俺は新たに手に入れた能力を、きちんと使いこなさないと駄目だなぁ。

そんな反省をしていると、ルーシーが立ち上がった。

「ねぇ、フーリ。今日私とアヤは街で買い物するんだけど、一緒に来ない？」

「え……、私が一緒でいいのかしら？」

「勿論《もちろん》だよ。前にるーちゃんに案内してもらったんだけど、マッカレンの街って意外とお店が多いよ。楽しいよ！」

「そう……、じゃあご一緒するわ」

どうやら三人は、一緒に買い物へ出かけるらしい。

「高月くんは、どうするの？」

「俺は魔法の修行をするよ」

邪魔しちゃ悪いと思って、俺はご遠慮した。

守護騎士として、一緒に回った方がいいのかもしれないけど、ルーシーとさーさんが一緒なら安心だろう。ぶっちゃけ、俺より頼りになる。

あ、でも一個注意をしないと。

「最近、姫を狙ってる男が多いらしいから気を付けて」

突如、マッカレンにやってきた異国の貴族の令嬢（という設定）。

恐ろしい美貌で、マッカレンの男共のハートを鷲摑《わしづか》みとの噂《うわさ》だ。

が、俺の忠告をフリアエさんは、ふふん、と鼻で笑った。

「平気よ。月の国《ラフィロイグ》の廃墟《はいきょ》じゃ、私を襲おうとする男が山ほどいたし。それに比べると、この街なんて精々ナンパされるだけよ？　楽勝よ」

「そ、そっか……、一応気を付けて」

フリアエさんの過去話は重いなぁ。けど、今は楽しそうだ。

ルーシー、さーさんと一緒にワイワイ話しながら出て行った。

残った俺は、家の庭でしばらく修行をした。昼過ぎになってもさーさんたちは、戻ってこない。きっと外でご飯を食べているのだろう。

料理は……、面倒だから何か外に食べに行くか。さて何を食べようかなと散策していたら、ふと妙なことに気付いた。

（見慣れない顔が多い……？）

マッカレンでの生活は長い。そこそこ規模が大きい街とはいえ、近所の住人の顔は把握している。マッカレンは、冒険者の多い街なので新顔は多い。

しかし、今いる連中はちょっと違う。冒険者じゃない。

一般人だけど、昔からいた住人じゃない……。単に引っ越してきた人かもしれないが、それにしても、人数が多い。それに、ちらちらとこちらへの視線を感じる。

――蛇の教団の動きに気をつけなさい。

水の女神様《エイル》との会話を思い出した。

街に怪しいヤツが居ないか一度、ふじやんに相談してみよう。そんなことを考えていた時。

――カンカンカンカンカンカンカン

ハイランドの王都シンフォニアに居る時のような鐘の音が響いた。

街に緊張感が走る。あれ？　この前まで、こんなの無かったよな？

「魔物が出たぞー！」

見張りの兵士の声が響いてきた。その声に、住人たちはそそくさと家に隠れる。

「またか、やれやれ」みたいな表情だった。

なんてこった。平和な水の街《マッカレン》が物騒になってしまった……。

街がざわついている中、俺は昔マリーさんから教わったことを思い出していた。

（マッカレンの冒険者ギルドの掟《おきて》、その三。街に魔物が現れた場合は、衛兵、神殿騎士《テンプルナイト》と協力して、街の防衛にあたるべし……）

水の国《ローゼス》は、兵士の数が不足している。

特にマッカレンは、大陸有数の巨大ダンジョン『魔の森』の近くに位置する。

そのため有事の際は、冒険者ギルドのメンバーが駆りだされることが多い。

と、新人の頃、ギルド職員のマリーさんに教わった。

（そう言っても魔物の群れが街に来るなんて、年に一回くらいだって聞いたけど……）

これが、魔物の活発化の影響だろうか。俺は魔物が出ているらしい西門に向かって走った。

他にも冒険者の姿が、ちらほら見える。

「マコト！　来たか！」

「ジャン！」

知り合いの冒険者と出会った。エミリーと、格闘家の男、魔法使いの女の子の四人組だ。

「ルーシーは？　マコトくん」

「今日は別行動。さーさんたちと買い物してる」

ルーシーもマッカレンの冒険者だ。ルールは把握しているはず。

どこかで、合流できるといいんだけど。そうこうするうちに、西門にたどり着いた。

すでに数十人の冒険者やマッカレンの衛兵、神殿騎士《テンプルナイト》が集まっている。

「お！　勇者が来たぞ！」

「おーい、マコト。魔物の数は、約五百体だってよ」

「ゴブリン、オーク、オーガの集団だ」

「マコトー、早く指示くれー」

「仕切りよろしくなー」

（え？）

集まった冒険者たちが、こっちを見ている。

いや、冒険者だけじゃない。街の衛兵や神殿騎士《テンプルナイト》もだ。

「ちょ、ちょっと待って！」

何で俺が仕切る事に!?

「マコト。こういう緊急事態では、一番地位が高い者が仕切る規則《ルール》だ。この中に勇者のマコトより高い役職のやつはいない」

おろおろしていると、ジャンが説明してくれた。

そ、そうだった！　マッカレン冒険者ギルドの掟、その八だ！

俺に関係ないと思って気にしてなかったけど。

え、マジで？　俺が指揮をしなきゃいけないの？

じぃっと、沢山の視線が俺に集中する。

大勢を指揮するとか、めちゃ苦手なんだけど！

「る、ルーカスさんは!?」

あのベテランなら、上手《うま》く仕切ってくれるはず！

「ルーカスさんは、隣街に竜《ドラゴン》が出たとかで、助っ人《すけと》で街を離れてるわ」

エミリーが残念そうに言った。そ、そんな……。

「マコト先輩！　勇者らしいところを、ビシッとお願いします！　俺は何でも言う事聞きますよ！」

ジャンの仲間の格闘家は、熱血な性格らしく熱く言ってきた。

（む、無理なんですけど……）

知らない人たちを偉そうに仕切るなんてできる気がしない……。皆の視線がさらに強まる。さっさとやれよ、という重圧感《プレッシャー》が伝わってくる。に、逃げたい……。

「ハイハーイ、みなさーん。代理で私が仕切りマスー」

大きな声が、皆の注目を集めた。

「ニナさん？」

ウサギ耳の女格闘家が、手を上げていた。

「ニナさんだ」「ゴールドランクになったんだっけ？」「今は、フジワラ商会の会長の奥さんだろ」「引退したんじゃ？」

ざわざわとした声が、聞こえる。

「マコト！」「高月《たかつき》くん！」「私の騎士」

ルーシーとさーさんだ！　少し遅れてフリアエさんの姿も見えた。

「高月くん！　ニナさんに任せるのでいいよね!?」

「う、うん……ニナさん、お願いします」

「ハーイ！　任されましタ！」

ニナさんが、テキパキとみんなの役割を決めている。

普段、たくさんの部下がいる商会を取りまとめているだけあって仕切りがうまい。

「さーさん、助かったよ……」

「ここに来る途中でニナさんに教えてもらったの。冒険者ギルドのルールについて。高月くん苦手でしょ？　そーいうの」

ああ、助かるよ。さーさんは俺のこと、わかってくれてる……。

「魔物が来たぞー！」

冒険者の一人が指差す方向から、砂埃《すなぼこり》を巻き上げ魔物の群れが姿を現した。

ゴブリンやらオーク、オーガ。ちらほら人食い巨人の姿が見える。

太陽の国《ハイランド》で見た五千体以上の魔物の群れ程の迫力ではない。

だが、こっちの兵力は太陽の国《ハイランド》と比べ圧倒的に少ない。

つまりマッカレンにとっては、相当な脅威だ。

「魔法使いさん！　撃って下サイー！」

ニナさんの声で、魔法使いたちが一斉射撃を開始する。最初に遠距離攻撃。

これは、太陽の騎士団《ソレイユナイツ》の戦術と一緒か。その時。

「流星群《メテオレイン》！」

聞き慣れた声と共に、巨大な大岩が魔物の大群に突き刺さった。

巨大な土ぼこりが上がり、地面が揺るがされる。

数十体の魔物たちが、悲鳴を上げながら吹き飛んでいった。

魔法の使い手は、見慣れた赤毛のエルフだ。

「ふふん、どうよ！」

ルーシーが、胸を張る。いつ見ても、とんでもない威力だ。

「でも、まだ結構残ってるわね」

フリアエさんの言う通り、魔法使いたちの遠距離攻撃で、百体くらいは減らせたが、まだ魔物の群れの大半は健在だ。

「盾部隊、隊列を整えてくだサイ！」

盾を構えているのは、神殿騎士団《テンプルナイツ》と衛兵の混成部隊だ。盾部隊の数は五十人ほど。

魔法使いは二十人くらい。近接の戦士たちが、約三十人。この辺は冒険者が多い。

全部合わせて約百人。これがマッカレンの全戦力だろうか？　少ない……。

迫ってくる魔物は約三百体以上。数で言えば、こちらの三倍以上。

そして集団戦で怖いのは、数の多いほうが勢いに乗って押し切ることだ。

マッカレン兵士の表情は硬い。敵の勢いが止まらなければ、街へ侵入される。

よし、太陽の国《ハイランド》の時と同じように魔法で壁を作って時間稼ぎしよう。

そして精霊魔法については、太陽の国《ハイランド》より良い点がある。

（精霊さん、精霊さん）

（（（（はーい！））））

俺はマッカレンの精霊と仲がいい。ここでずっと修行してたから。

大精霊は未《いま》だに呼べないが、精霊を扱うならマッカレンが一番だ。
(精霊さん、困ってるんだ。頼むよ)
フリアエさんに習った魅了魔法を使いながら、全力で精霊へお願いした。
((((任せてー！))))
精霊たちの心地よい合唱のような返答が返ってくる。
この辺り一帯の水の精霊の魔力《マナ》が、俺の周りに集まってくる。
「わ、私の騎士、その魔力《マナ》……」
「高月くんの身体《からだ》がビリビリしてる……」
仲間たちの呟《つぶや》きが聞こえた。
マッカレンの魔法使いたちの、ぎょっとした視線が向けられる。
今日の精霊魔法は、いい感じだ。右手を上げ、俺は高らかに叫んだ。

――水魔法・氷の世界《アイスワールド》

膨大な魔力《マナ》が、青い光となって魔物たちに雪崩のように降り注いだ。
氷の壁を作るのでなく、魔物そのものを凍らせて壁にする。
魔物の数も減らせて、一石二鳥！　という狙いだ。

その狙いは上手くいった。十分過ぎるほどに。

「「「「「……」」」」」

こっちに向かっていた前列の魔物は氷の彫刻になっている。

それは、狙い通り……なのだが。

みんなの視線がこっちに集まる。うん、言いたい事はわかります。

「高月様、魔物が全部凍っちゃいましたネ……」

ニナさんが、苦笑した。そう、三百体の魔物が全て氷漬けになっていた。

ここからが俺たちの出番だ！　と意気込んでいた近距離専門の剣士や格闘家たちが、微妙な表情をしている。

す、すんません！　出番を取ってしまって。

「まあ、いいんじゃない？　マコトの魔法でみんな無事だったんだし」

「そーそー、私は出番なかったけど、怪我《けが》しないのが一番だよ。……寒っ」

精霊魔法が強すぎて、さーさんが寒さで震えている。

「るーちゃん、温めて！」

さーさんがルーシーに抱きついている。

「もう～、仕方ないわね」

ルーシーもさーさんの身体を抱きしめていて、なんか百合百合《ゆりゆり》しい。

「なんだ、何もしないうちに終わったのか」

「これってギルドから報酬出るのか？」

「さぁ？」

周りの冒険者たちは、緊張感が解けて雑談を始める。

「マコト、凄《すご》い魔法だな！」

「マコト先輩、ハンパないっす！」

ジャンと後輩冒険者には褒められた。

「にしても、こいつら急にどうして街に現れたんだろうな？」

「今回は、いつもより数が多いよな」

「何かに追われているみたいだったな」

「あー、確かに」

追われてる？　ちょっと気になる会話が聞こえてきた時、

――ギャオオオオォォォォォ！

空気を震わせる低い鳴き声が、上空から聞こえてきた。

見上げると、全身が深緑の巨大な翼を持つ魔物がこちらを見下ろしていた。

「緑竜《グリーンドラゴン》だー！」

羽ばたき音と共にドラゴンの巨体が現れた。大森林の主と呼ばれる魔物だ。

「皆さん！　散開してくだサイ！　集まっていると標的にされます！」

ニナさんの声に、冒険者たちが一斉に散らばった。

魔法使いは竜に向かって魔法を放っている。しかし。

「全然当たらないね」

さーさんの言う通り、動きの素早い竜《ドラゴン》の動きを捉えられていない。

「ルーシー、隕石落《メテオ》としはどう？」

「使えるけど、外すとこっちに落ちてきちゃうから……」

「そりゃ、駄目だ」

外した時の被害が、大きすぎる。

――オォオオオオオ！

緑竜《グリーンドラゴン》の鳴き声と共に、竜の翼から何かが発射された。

「攻撃してきた！」「避けろ！」

誰かの声に見上げると、何十本もの木の槍《やり》が、降ってきた!?　木魔法・木の槍《ウッドランス》か！

「ふーちゃん、るーちゃん、危ない！」

さーさんが、仲間に当たりそうな槍を、蹴り飛ばしてくれた。

『回避』スキル！

俺も慌てて、スキルを使って避ける。

あたりを見回すと、怪我人がちらほらいる。死人は居なそうだが……。

マズイな、こっちは攻撃が届かず、相手が一方的に攻撃してくる。

「あいつ……太陽を背にしてる」

ルーシーが空を見上げて言った。

確かにほぼ真上にいる緑竜《グリーンドラゴン》は、太陽と重なるように飛んでいる。

狙ってやってるのか……？　魔物なのに知能が高い。

魔法使いたちは狙いが定められずに手こずっている。

剣士たちは攻撃の範囲外。ニナさんも、困った顔をしている。

次の手は……、どうする？　誰か知恵者はいないか、あたりを見回す。

本来ならルーカスさん以外にも、マッカレンはベテラン冒険者が何人か居るのだが、今日に限っては皆別のところに出払っているようだ。運が悪い。

(駄目元で、水魔法・水龍を使ってみるか？)

木属性の緑竜《グリーンドラゴン》に水魔法は効果が薄い。昔、水の神殿でそう習った。

でも俺の使える魔法だと、他に手が無い。やってみるか。

精霊魔法を使おうと、精霊に呼びかけようとした時、「シャラン」という軽やかな音と共に巨大な青い光斬が宙を舞った。

——ギャャァアアアアアアアアアアアアア!!

緑竜《グリーンドラゴン》が断末魔の叫びを上げ、その身体が、真っ二つになる。
これは水属性の魔力《マナ》……？
竜を一刀両断するほどの水の魔法剣の使い手は、マッカレンには居ない。
というか、国中を探しても数人レベルだろう。
そして俺は魔法剣の使い手の魔力《マナ》に覚えがあった。
ただ、記憶にある彼の魔力《マナ》は、もっと弱々しいものだったが……。
シュタッと、誰かが華麗に地面に着地した。
高級そうな刺繡《ししゅう》の入った白い旅人服に、少女のようにすら見える可愛《かわい》らしい笑顔。
その手には、華美な魔法剣が握りしめられていた。
「マコトさん！　大丈夫でしたか？」
爽やかな声で俺の名前が呼ばれた。
声の主は『氷雪の勇者』レオナード王子だった。
王子、何してんですか？

◇クリスティアナ・マッカレンの視点◇

マッカレン領主の館の執務室。

そこで対峙《たいじ》しているのは、私――クリスティアナと姉のヴァイオレット・マッカレン。

「クリス、領主になるのは私です。私はプルトニー家の支援を得たのですから」

優雅に微笑《ほほえ》むヴァイオレットお姉様。私はぐっ、と歯軋《はぎし》りをする。

プルトニー家は、水の国《ローゼス》随一の貴族だ。

一体、どうやってそんな大貴族とパイプを作ったのか……。

「ふふっ、姉に勝る妹など存在しないのですよ」

「ま、まだです、ヴァイオレットお姉様！　私は諦めたわけでは！」

姉様は、プルトニー家の支援を取り付けるために、莫大《ばくだい》な資金を費やしている。

ただでさえ、魔物が活発化して兵力の増強や、兵糧を溜《た》めないといけない時期なのに。

いくら領主になるためとはいえ、マッカレンの財政が悪化しては意味が無い！

「勝負あったようですね……」

ヴァイオレットお姉様が、勝利宣言をしようとした、その時。

「クリス殿、少々お話が」

「藤原《ふじわら》様？」

旦那様が扉を開け入ってきた。

「レオナード王子がマッカレンに来たそうですぞ」

「「は？」」

なんて唐突な。このタイミングで？

「レオナード王子が、マッカレンへ……？」

ヴァイオレットお姉様が呆然《ぼうぜん》とつぶやく。レオナード・エイル・ローゼス王子。

言うまでもなく、現国王の長男であり、次期国王陛下だ。

「な、なぜ!? レオナード王子は王都から離れないはずです!?」

先ほどの余裕な態度が消え去り、うろたえる姉様。無理もない。

本来、こんな辺境に来るはずのない御方《おかた》。

「拙者はレオナード王子に案内を仰せつかりました。クリス殿はどうしますか？」

「わ、私もご一緒します！　お姉様、お話はのちほど」

「……」

ヴァイオレットお姉様から返事は返ってこなかった。

◇マコトの視点◇

「マッカレンに偉大なる氷雪の勇者レオナード様がいらっしゃったぞー！」

「「「「かんぱーい！」」」」

マッカレン冒険者ギルドのエントランスがお祭り騒ぎになっている。

——つまり、平常運転だ。

「わー、ここがマコトさんが普段活躍されている冒険者ギルドなんですね！」

キラキラした目で、宴会騒ぎをする冒険者たちを見ているのはレオナード王子だ。

「レオ王子はどうして、マッカレンに来たんですか？」

さーさんが王子に尋ねた。

「はい、それなんですが……」

先の蛇の教団による王都ホルンへの襲撃。

その時は、危うく忌まわしき魔物によって、王都が蹂躙《じゅうりん》されるところだった。

それを悔いたレオナード王子は、修行を兼ねて国内を巡っているそうだ。

「でも、マッカレンってローゼスの端っこの田舎町よね？　もっと他に大きな街があるんじゃないかしら」

ルーシー……隣に領主の娘であるクリスさんが居るんだが……。言葉を選びなさい。

「えっと、それは……マコトさんが住んでいる街なので……」

上目づかいで頬を赤らめるレオナード王子。可愛えぇ……。

ちなみに、護衛の騎士団はギルドの外で待機している。

一緒に、飯を食えばいいと思うんだけど……ローゼスの騎士は皆真面目で固辞された。

俺たちは、身内で魔物の群れの危機を脱した祝杯を上げていた。

俺たちのテーブルには、ふじやんやニナさん、クリスさんも居る。

レオナード王子の宿泊先を、ふじやんたちが手配したらしい。

まあ、宿というか俺の住んでいる家の客室なんだが。

王子が、一般庶民の家でいいのだろうか……。

そういえば、クリスさんの話では、最大のライバルと思われていたお姉さんに優位に立てたらしい。

それは朗報。ふじやんとニナさんの話では、クリスさんが次期領主になることはほぼ確定だそうだ。いやー、よかったよ。

けど、結局俺は何もしなかったけどよかったのかな？

ふじやんは、「良いのです、タッキー殿は気にせずとも」としか言わない。う、うーむ。

まあ、そう言うなら気にするのはやめよう。俺は別の疑問を友人に質問した。

「そう言えば、ふじやん。最近、マッカレンで見たことが無い住人を沢山見るんだけど、何か知ってる？」

「ああ、それはタッキー殿が居るからですぞ」

「？」どーいう意味？

「ローゼスの勇者である高月《たかつき》様がいる水の街《マッカレン》への移住希望者が次々に現れているんです」

「仕事が無いものは、フジワラ商会が仕事を斡旋《あっせん》してますヨー」

クリスさん、ニナさんが付け加えた。

「へぇー、やっぱり勇者って凄《すご》いのね、マコト」

「たまに、街を歩いていると高月くんのこと聞かれるよ」

ルーシーとさーさんに嬉《うれ》しそうに言われた。

（マジかー……）

知らない住人が増えている原因は、自分だった。しかも、知らないのは俺だけとは。

それから、クリスさんのマッカレンの発展計画やふじやんの商人としての、今後の商売計画やらで盛り上がった。

しばらくして、誰かが話しかけてきた。

「マコト先輩！　今日はお疲れしたっ！　お酒注《つ》ぎますね！」

ジャンのパーティーにいる格闘家の男が話しかけてきた。

新人冒険者だが、ムキムキの筋肉から、相当鍛え上げている様子が窺《うかが》える。

名前をトニーというらしい。

「ああ、ありがとう、トニー」

でかいグラスにエールをなみなみ注がれた。そんな沢山飲めないんですけど。

「マコト。トニーがおまえと話したがってたんだ。仲良くしてやってくれ」

お、ジャンのやつ。先輩冒険者してますなー。

「マコトさん！　凄い魔法でしたね！　いったい、どうやってあんな魔法を。ちょっと、筋肉を見させてもらっていいですか？」

「いや、魔法に筋肉は関係無……」

「うおぉ、これが勇者の筋肉。さすがの肌触りっすね！」

おい！　ちょっと触りすぎだぞ！　少し寒気がして、距離をとる。

「マコトさん！　今度一緒に冒険にイキませんか!?」

すぐ距離を詰められた。

「あー、うん。今度ね」

「冒険の後は、温泉にイキましょう！　お背中流しますよ！」

「……」

なぜか、お尻がむずむずする。

「マコトさん！　僕とも冒険に行きましょうね！」

「は、はい。レオナード王子」

なぜかレオナード王子も張り合ってきた。王子は冒険とかしている暇あります？

暑苦しいトニーと、愛らしいレオナード王子からぐいぐい迫られた。

……男にモテるというやつだろうか？　案外、体育会系なノリも悪くないかもしれない。

俺はぐいっと、グラスの中のエールを飲み干した。

ふと、ルーシーたちが飲んでいるほうに目を向けた。

「ルーシーお姉様の流星群《メテオレイン》、凄かったです！」

ジャンのパーティーにいる魔法使いの女の子が、ルーシーに絡んでいる。

赤っぽい茶髪に、くりっとした目が可愛い。

名前は、モニカって言ったっけ？

「えっと、モニカ。くっつき過ぎじゃないかしら……」

珍しくルーシーがたじたじしている。

「ルーシーお姉様って、凄くお強いんですよね！　今度、一緒に冒険に行きませんか？」

「う、うん。エミリーたちと一緒にね」

あっちも誘われてる。そのうち、合同で冒険に行ってもいいかもなぁ。

「はぁ、はぁ……、ルーシーお姉様の肌って凄く綺麗《きれい》。それにとても体温が高いんですね。

この腕に抱かれたい……」

「ちょ、ちょっと！　エミリー！　この子、酔っ払ってない？」

焦り気味に、ルーシーが友人に助けを求める。

「そう？　良い子よ？　ルーシーは勇者パーティーの一員なんだし、自分を慕ってくれる魔法使いの後輩は大事にしなさい。ねぇ、アヤ。あなたって、大迷宮《ラビュリントス》に詳しいって聞いたけど本当？」

「まあ、そこそこ……詳しいかなぁ」

エミリーはルーシーの相手をせず、さーさんに聞きたいことがあるようだ。

さーさんが、とぼけた返事をしている。

そこそこ、じゃないだろう？　大迷宮《ラビュリントス》生まれじゃん。

「今度私たちのパーティーも大迷宮《ラビュリントス》を目指そうと思っているの。冒険のレクチャーしてくれないかな？　報酬は、マッカレンの隠れスイーツのお店」

「任せといて！」

エミリーとさーさんの間で、取引が成立したらしい。

「ルーシーお姉様。私、酔っちゃったみたいです～。部屋に連れて行ってもらえませんか？」

「落ち着きなさい、モニカ。まずは、水を飲んで」

ルーシーのほうも、後輩から熱烈な好意を向けられているようだ。

俺たちも先輩か。新人冒険者として、ジャンと競ってた頃が懐かしいなぁ……。

しばらく歓談して、俺はトニーの相手をジャンに任せて席を移動した。

レオナード王子は、俺についてきた。

俺は、ギルドの受付の仕事上がりのマリーさんの隣に座った。

「あら、マコトくん。今日はお疲れさ……れ、レオナード王子！　本日は、このような場所にお越しいただき……」

「構いませんよ、無礼講でけっこうです」

緊張した態度で挨拶するマリーさんを見て、レオナード王子はニコリと笑って言った。

「マリーさん、お疲れ様です。今日は大変でしたよ。最近、魔物が街に来る事が多いんですか？」

「そうなの、今月入って三回目かな……」

いつも飲んでいる時は、底抜けに明るいマリーさんの表情が暗い。

でも、今日みたいなのがよく起こるとなると事態は深刻だ。

今日は運よくレオナード王子が居合わせたけど、いつもはルーカスさんやベテラン冒険者がなんとかしていたらしい。

でも、そのベテラン冒険者も、最近は、呼び出しが多く不在にしている。

マリーさんは「怪我人《けがにん》が増えてきて……困るわ」と物憂げにグラスを揺らした。

「何か俺にできることありませんかね？」

俺が聞くと、きょとんとされた。そして、ふっと、微笑《ほほえ》まれる。

「あーあ、あの頼りないマコトくんがカッコよくなっちゃったなー。もっと、早く唾つけとけばよかったぁー」

頭をぐりぐりされた。

「痛いですって」

そうそう、マリーさんはこうじゃないと。

「よし、飲もう！　マコトくんの勇者祝いに！」

「もう十回以上祝ってもらってますよ」

マリーさんの調子が戻ってきた。

「お二人は親しいのですね」

ジュースのグラスを持ったレオナード王子が会話に入ってきた。

しまった、王子をほったらかしにするとは。

「はい、レオナード王子。マコトくんがマッカレンに来た時、冒険者のライセンスカードを発行したのが私なんです。それから、マコトくんがゴブリン退治の名人になって……」

「マリーさん、その話はやめましょうよ」

例の恥ずかしい二つ名が王子にバレてしまう。

「マコトさんの冒険の話を聞きたいです！」

「じゃあ、いっぱいお話ししますね！」

あーあ、マリーさんが喋《しゃべ》りモードに入ってしまった。

これは長くなりそうだ。まあ、いっか。どうせ、まだまだ夜は長い。

四章　高月マコトは、魔法剣を覚える

——その日の夜。
ギルドの宴会は深夜まで続き、日が変わるころに俺たちは自宅に戻って来た。
みんなは寝付いたが、俺は眠れなくて家の裏庭で一人修行していた。
「なーう、なーう」
いつもの黒猫が寄ってきた。どうやら腹が減っているようだ。
水路に近づき、水魔法で魚を獲《と》って与える。黒猫がモグモグそれを貪っている。
その猫の毛並みを撫《な》でながら、昼間のことを反芻《はんすう》した。
（……緑竜《グリーンドラゴン》との戦闘、レオナード王子が居なかったら危なかった）
正直、死者が出なかったのは、ラッキーだった。
ふじやんの話では、マッカレンに移住する人が増えている。勇者が居る街だから。
街に危機が迫った時、先頭に立って立ち向かうのは勇者の役目だ。
街の衛兵や神殿騎士《テンプルナイト》、冒険者や義勇兵にいたるまで、全て勇者の指揮下になる。
（はぁ、……勇者の責任かぁ）
……気が重い。

昔、生まれて初めてプレイしたロールプレイングゲーム。

主人公の勇者は、たった一人でドラゴンに攫《さら》われた姫を助けて、魔王を倒した。

(俺は、あーいうのがよかったなー)

一人で自由に旅して、好きな街に行って、好きに冒険して。

勿論《もちろん》、ルーシーやさーさんと一緒に冒険するのは楽しい。

けど、見知らぬ人たちのことまで責任を持つというのが、中々のプレッシャーで気乗りしない。我がままなのかなぁ。

月が見えない曇天を見上げながら、ぼんやりと考えていた時。

「マコトさん。修行ですか?」

後ろから声をかけてきたのはレオナード王子だった。

知らない人にびっくりしたのか、黒猫は逃げてしまった。

「どうしたんです? 夜更かしはいけませんよ」

「……子供扱いを、しないでください」

ぷくっとレオナード王子が頰を膨らます。可愛《かわい》い。

「これは失礼しました。王子」

前の世界だと小学生の年齢なレオナード王子は、どう見ても子供だ。

でもこんな世界じゃ、世界を救う勇者だもんなぁ……世知辛い。

「マコトさん、これは水魔法ですね。こんなに沢山」

レオナード王子は、周りを飛び回る水魔法の蝶々《ちょうちょう》を指差した。

「うーん、修行というか、反省会というか」

俺は、昼の緑竜《グリーンドラゴン》との戦闘のことや、俺の魔法の弱さや精霊魔法の扱い辛《づら》さを説明した。

「そうなんですね……。水が無いと本領が発揮できない……。それに精霊の有無で、威力が全然変わってきたり、相手との相性で威力も変わる……」

「そうなんですよ。ムラが多い魔法で」

俺は冗談めかしたが、レオナード王子の表情は真剣だ。

「その情報は、太陽の国《ハイランド》の参謀本部に共有しておいたほうがいいですね」

「それは、何ですか？」

「北の大陸の魔王討伐の計画を立案している人たちです。定期的に開かれる作成会議に、僕やソフィア姉様も参加しています」

「へぇ……、やっぱり魔王を倒すのは『光の勇者《さくらいくん》』の役目なんですか？」

伝説の救世主の生まれ変わり（扱い）なわけだし。

その質問をすると、レオナード王子の表情が暗くなった。

「魔王に挑むのは、六国の勇者の合同チーム……だったのですが、水の国《ローゼス》の勇者だけは、幼すぎるということで、主力部隊から外されていました」

「そ、そうなんですか……」

いかん、余計なことを聞いてしまった。

「でも！」

レオナード王子が顔を上げ、明るい表情で言葉を続けた。

「先日の古《いにしえ》の魔物五千匹を、一人で倒す水の国《ローゼス》の勇者が現れました」

「げ」俺だ。

「僕は詳細な作戦までは知らされていないのですが、マコトさんは魔王戦の主力の一人になるだろう、と参謀本部の人たちが噂《うわさ》してました」

「マジですか……」

野良の竜《ドラゴン》一匹に手こずってるんですけど。

「でも、そういう理由なら『獣の王』ザガンと戦うよりも、別の魔王のほうが相性がいいかもしれませんね」

別の魔王……？

「確か『古竜の王』と『海魔の王』……ですよね？」

魔大陸の大地を支配する『獣の王』ザガン。

魔大陸周辺の海を支配する『海魔の王』フォルネウス。

魔大陸の空を支配する『古竜の王』アシュタロト。

陸、海、空軍のように魔大陸を守護している三魔王。

「確か今回の北征計画の目的は、『獣の王』ザガンの討伐ですよね?」

太陽の国《ハイランド》で、騎士団長の人に教えてもらった。

三魔王の全員を相手にするのは、こちらの被害予測が大きすぎるらしい。

『海魔の王』は、魔大陸周辺の海を管理しており配下は海の魔物ばかりなので、内陸には攻めてこない。

『古竜の王』は魔大陸の守護者として、魔大陸をほとんど離れない。

大魔王が復活した時、西の大陸を支配しようと攻めてくるのは『獣の王』であると言われている。だからこそ『獣の王』を倒すための『北征計画』だ。

「はい、主力部隊が『獣の王』と戦い、別部隊は『海魔の王』と『古竜の王』が援軍に来ないよう、足止めをする必要があるんです」

「なるほど、確かに各個撃破を黙って見ているわけないですよね」

だったら『海魔の王』は戦場が海だから、俺はそっちの配置がいいなぁ。

「参謀本部に伝えておきますね」

とレオナード王子が、請け負ってくれた。ありがたい。

「僕もマコトさんを見習って、修行しますね」

そう言って腰にさしてある剣を、スラリと引き抜いた。

ヒュン、ヒュンと素振りを始める。

青緑色の刀身が、ぼやっと光を放ち綺麗《きれい》な弧を描いている。

そう、あれは緑竜《グリーンドラゴン》を一刀両断した魔法剣だ。

「レオナード王子、その魔法剣は？」

「こちらは、ローゼス王家に伝わる『聖剣アスカロン』です。大魔王の復活に備え、早く扱えるようにと無理を言って持ち出させてもらいました」

「へぇ！　聖剣ですか。触ってもいいですか？」

凄《すご》い、聖剣なんて初めて見た！

「どうぞ、お持ちください」

レオナード王子は俺に聖剣を手渡してきた。それを受け取る。

刀身に複雑な魔法術式が彫られてある。これが聖剣……しかし。

「うっ……、重っ」

重すぎて俺には、振ることができそうにない。

レオナード王子は軽そうに振るってるのになぁ。

「お返しします。それにしても緑竜《グリーンドラゴン》を倒した時のように光ってはないのですね」

昼間の戦闘では、もっと明るい色を放っていた。

「僕の魔力《マナ》を『聖剣アスカロン』へ纏《まと》わせているんです。僕の『氷の剣』スキルは、剣に溜《た》まった魔力が青い光に輝くんです」

「なるほど」

剣に魔力《マナ》を纏わせる……か。そういう使い方もあるんだな。

「試してみようかな」

「え？」

俺は女神様《ノア》の短剣を引き抜いた。

（精霊さん、精霊さん）

女神様の短剣を、夜空に向かって掲げた。

水の精霊の魔力《マナ》が、短剣に集まるように意識を集中――。

「あれ？　精霊自体が短剣に……吸い込まれた？」

数匹の精霊が、女神の短剣の刀身と一体化して――刃が眩《まばゆ》い光を放ち始めた。

同時に、「ドクン」と短剣が命を持ったように、脈打つのを感じる。

「マコトさん！」

レオナード王子の、少し焦ったような声で我に返る。

女神様の短剣が「ジジジジッ……」と不穏な音を立てている。

ん？　なんだこれ？　ああ……、これは魔法制御が甘いんだ。

「ま、マコトさん！　魔法が暴発します！」王子が悲鳴を上げた。

「ちょっと、待ってくださいね。レオナード王子」

『明鏡止水』スキルで魔力《マナ》をコントロールする。

無秩序に暴れようとする魔力《マナ》を、渦巻くように流れを整えてあげると、短剣が発する音が、「シャン、シャン、シャン……」と鈴のような音に変わった。

短剣の周りにぐるぐると、濃密な魔力《マナ》が渦巻く。いい子だ。

「せ、制御した……のですか？」

「思ったより、精霊の魔力《マナ》が多かったもので手こずりました」

「王級クラスの魔力《マナ》が、その短剣に宿ってるようですが……」

「いいですね、これ。使い勝手がよさそう」

魔法使い自身に魔力《マナ》を集めすぎると、魔力《マナ》酔いになったり、暴走したりする危険がある。けど、魔力《マナ》の貯蔵先が短剣なら安心だ。今後に活用させてもらおう。

「凄い……。その短剣に宿る魔力《マナ》は、並みの魔法使い数十人分に匹敵します……」

「そんなにありますか？」

話半分に受け取っておこう。俺は手の中で光を放っている短剣を見つめた。

どうするかな？　これ。うーん……。

俺は短剣を空に向かって振るった。

ヴォォン！　と低い音を立てて巨大な斬撃が短剣から放たれた。

――月を隠していた雲が切り裂かれた。


「おおー！」

なかなかの威力じゃないか！　でも、発動までの時間は課題だな。

それを、呆《あき》れた顔で見ていたレオナード王子が言った。

「その威力なら、竜相手でも問題ないと思いますよ」

「んー、でも魔力《マナ》を溜めるのに時間がかかるんですよねぇ」

竜相手にこんなのんき気なことができるだろうか？

「マコトさんは、慢心しないのですね」

レオナード王子が感心したようにこちらを見つめる。

俺とレオナード王子は、魔法剣についてや北征計画について語り合った。

ただ、幼い王子には夜更かしはよくなかったかもしれない。

途中で寝落ちしたので、俺の部屋のベッドに運んで寝かせた。

俺は、ベッドが占領されたので朝まで修行を続けた。

◇

「眠い……」

昨日、レオナード王子と雑談に盛り上がり、夜更かししたためだ。

男同士で、剣や魔法の話をするのは楽しい。

その後王子は寝落ちしたが、俺は明るくなるまで修行をしていた。

レオナード王子は、何やら用事があるようで出かけて行った。

その後、少し眠ってから俺はさーさんが作ってくれた朝ご飯を食べて、再び修行を続けた。

「うーん、一回仮眠を取ろうかなぁ……」

欠伸《あくび》を噛《か》み殺しながら、膝の上の黒猫の背中を撫《な》でた。

チチチ……、という鳥の声が聞こえる。ああ、いかん。寝てしまいそうだ。

その時、誰かの足音が聞こえた。ルーシーたちは今日も買い物に行くと言っていたが、戻って来たのだろうか。

「勇者マコト、今お時間ありますか？」

声の主は、ソフィア王女だった。

水の女神《エイル》様を祀《まつ》る教会の応接室。

俺はソフィア王女に呼ばれ、フカフカのソファーに座っていた。

それなりに長くマッカレンに住んでいるが、教会に入るのは、実は初めてだ。

部屋の中には、俺とソフィア王女の二人きり。

「〜〜♪」

ソフィア王女が、機嫌よさそうに紅茶を淹《い》れている。以前より手際が良い。

部屋の中は暖かく、柔らかな日差しがカーテンの隙間から差し込んでいる。

（……うとうとする）

気を抜くと、眠ってしまいそうだ。

「勇者マコト。お待たせしました」

マスカットのような甘い香りがする紅茶が、目の前に置かれた。

隣には、チョコチップの混ざったクッキーが添えられている。

「ありがとうございます」

お礼を言って、紅茶を一口飲んだ。美味《おい》しい。次にクッキーをつまんだ。

「あれ？」

「どうしました？　勇者マコト」

そのクッキーはしっとりとしていて、口の中でほろほろと崩れた。

この食感……どこかで食べたことがある気がする。

「このクッキーはどちらで手に入れたんですか？」

「最近、水の国《ローゼス》の王都で流行《はや》っているらしいですよ。フジワラ商会が販売している商品です」

ふじやんか！ってことは日本産だよな？

「ちなみに商品名は？」

「ええっと、カントリーマーマとか。変わった名前ですよね」

「あー、やっぱり」

前の世界の有名な商品だった。

いやぁ、凄い再現性だなぁ。思わず、二、三個まとめて食べた。

「気に入ったようですね」

微笑《ほほえ》まれた。おっと、しまった、王女様の前で。

「失礼しました、ソフィア王女」

そう言うと、悲しそうな表情になった。

「……どうしました？　ソフィア王女」

「あの……その堅苦しい呼び方は、やめませんか？」

「呼び方、ですか？」

「もっと気安く……ソフィアと呼んでください」

「えっ？」

お、俺がソフィア王女を呼び捨てに？　い、いいのか？

（いいじゃない、呼んであげなさいよ）

ノア様……。いいんですかね、俺みたいな庶民が王女様を呼び捨てにして。

（ルーシーちゃんやアヤちゃんが羨ましいみたいよ？）

そう言われると、心苦しいが……。ま、いっか。本人が言ってるんだし。

目の前には、不安げな顔のソフィア王女……いや、違う。

「ソフィア」

「はい！　マコト」

微笑むソフィア王女と見つめ合う。

「「……」」

同時に目を逸《そ》らした。むぅ、照れる。

ソフィア王女も顔を赤らめ、別の話題を振ってきた。

「ところで、レオと北征計画について話をしたそうですね」

「ええ、どうやら俺は勇者連合チームとやらに入らないといけないとか」

「……その件なのですが」

申し訳なさそうに、ソフィア王女が語った。

太陽の国《ハイランド》から、水の国《ローゼス》の勇者は俺、もしくはレオナード王子のどちらか一人を魔王討伐に参加させよ、と要請があったそうだ。

というか、太陽の騎士団《ソレイユナイツ》総長さんからは、俺を名指しで指名してきたらしい。

ついでに言うと、北天騎士団長《ジェラルド・バランタイン》からは、「高月《たかつき》マコトは、絶対に参加させろ！　絶対だからな！」と熱いオファーがあったそうだ。

う、うーむ……ジェラさんったら。

「まぁ、俺が参加しますよ」

できれば海魔の王の軍勢との戦いがいいことは伝えた。

「……いえ、レオも参加します」

ソフィア王女が強い口調で言った。

「一人でいいんですよね？　レオナード王子は、まだ幼いですし無理しなくても……」

ソフィアお姉さん、スパルタかな？

「ローゼス王家は、水の国《ローゼス》の平和の象徴。いくら異世界からの勇者が強いからと言って、頼りきりになってしまうわけにはいきません。それに、この戦いに負ければ私たちは魔族に支配されることになる。逃げ場などないのですから」

ソフィア王女の言葉は力強い。

それに聖剣を携えたレオナード王子は、確かに強かった。

「ま、それじゃあレオ王子と一緒に、魔王討伐に向かいますね」

俺は気軽に答えた。ソフィア王女がため息をついた。

「あなたは……、いつも簡単に言ってくれますね。だからこそ、レオがあなたに懐いているのでしょう……。レオをお願いしますね。根は臆病な子なので」

「わかりました。任せてください」

やっぱり心配なのだろう。ソフィア王女は、弟を心配する姉の顔だった。

が、すぐに表情を切り替え、王女の顔に戻った。

「あなたは、我が国の勇者です。これから勇者マコトには、他国の勇者との顔合わせをして欲しいと思っています。特に、太陽の国《ハイランド》以外の隣国である、木の国《スプリングローグ》と火の国《グレイトキース》は必須ですね。魔王軍が攻めて来た時に協力しなければいけない国ですから」

「外交官ってことですか」

これも勇者の仕事かぁ……。他国に訪問した時のマナーなんてわからないけどなぁ。

その辺の仕事は、庶民の俺よりレオ王子が適任ではなかろうか？

「ここ数日、近隣の街を視察しました。どこも魔物の被害が増えています。我が国の僅かな戦力では抑えきれていません……」

窓から外を眺めながら言うソフィア王女の口調が重い。

ソフィア王女の心配事は、多岐にわたるようだ。

なんとも言えず、俺も窓の外を見た時――――『危険感知』スキルに反応があった。

魔物？　街中で？　ソフィア王女も、異変に気付いたようだ。

「勇者マコト！　あちらを見てください！」

「あれは……飛竜《ワイバーン》？」

ソフィア王女の指さす方向には、街の上空高くを飛行している一匹の飛竜《ワイバーン》の姿があった。

大森林からやってきたハグレ魔物だろうか？

マッカレンの見張りの兵士は、まだ気付いていないようだ。

「いけませんね、もし子供が魔物に襲われでもしたら大変です。すぐ衛兵に伝えなければ」

「ちょっと、お待ちを。追い払ってしまいましょう」

焦るソフィア王女を呼び止めた。

「少し魔力《マナ》をお借りしていいですか？　ソフィア」

「……また、ですか？　あなたならよいですけど」

少し顔を赤らめて頷《うなず》くソフィア王女。何で赤らめるん？

まあ、いいか。眠いし、手早く終わらせよう。

俺は、ソフィア王女の手を握った。思えば、この時の俺は考えが足りていなかった。

睡眠不足もあって、短絡的だった。

『本当にソフィア王女と、同調《シンクロ》しますか？』

はい ↑

いいえ

『RPGプレイヤー』スキルさんの警告に気をかけなかった。

それがあんな事態を招くとは……。

俺はソフィア王女の手をとり、強く握った。

俺とソフィア王女が、至近距離で見つめ合う。少し気恥ずかしさを覚えつつ、同調《シンクロ》した。

「んっ……」

隣から、小さく喘《あえ》ぐ声が聞こえ、心地よい大量の魔力《マナ》が流れてくる。

「水魔法・千本の氷矢《アイスアロー》」

数千本の氷矢が、飛竜《ワイバーン》に襲いかかった。

ギャァァアア！

飛竜《ワイバーン》は悲鳴を上げながら、街の外に落ちていった。効果は抜群だ！

いつもながらソフィア王女の『氷魔法・王級』スキルとの相性はよい。

「ソフィア、ありがとう」

「ええ、お見事です。勇者マコト……」

俺は隣を振り向く。そこには、ほうけた表情のソフィア王女がいた。

「？　どうかし……っ！」

俺はソフィア王女に押し倒されて、絡まるように床に倒れた。

床の絨毯《じゅうたん》は、ふかふかで痛くはなかった。俺の身体《からだ》の上にソフィア王女が乗ってきた。

「ソフィア？　何を……」

「マコトっ……んっ」

熱烈なキスをされた。

（え？）

首に両腕を回され、さらに強く唇を押し付けられた。

な、なんだこれ？　唐突すぎる！　何が起きて……。

（マコト。ソフィアちゃんを『魅了』してるわよ）

ノア様!?　女神様の言葉で、自身の失態に気付いた。

どうやら寝ぼけて無意識に『魅了』が発動していたらしい。

慌てて目を閉じ、魔力《マナ》を止める。

はっとした顔のソフィア王女と目があった。

起き上がり、身体をぱっと離す。そして、すぐに真っ青になった。

「わ、わたしは、……いったい何を……」

俺から離れ、信じられないという顔で自分の手のひらを見つめるソフィア王女。

「そ、ソフィア王女……？」

「……そんな、水の女神様《エイル》と会話する巫女《みこ》の身は、清くなければならない……のに」

ふらふらと、彼女はその場にひざまづく。

「お許しください……水の女神様《エイル》。愚かなわたくしを……」

両手を組み、天に向かってぶつぶつと祈り始めた。

（とんでもないことになった……）

俺が元凶なのだが、もはや取り返しがつかない状況になっている。

女神様に祈り続けるソフィア王女と、呆然《ぼうぜん》と立ち尽くす俺。

無限に続きそうな、重苦しい空気が過ぎ、急にソフィア王女が静かになった。

祈りの声が聞こえなくなる。

大気中の魔力《マナ》が、ピリピリと震えた。

いつの間にか、水の精霊が居なくなった。

代わりに、部屋中に聖なる魔力《マナ》が満ちている……。

「……はぁ～、何をやってるの？　マコくん」

砕けた口調で話しかけてきたのはソフィア王女で、しかしその表情はいつもの冷静《クール》なものとは全く違っていて、瞳は黄金色に輝いている。これは……。

「……え、水の女神《エィル》さま？」

「はーい、来ちゃった☆」

ぶいっと、ピースしながらウインクするソフィア王女《エィル様》。お茶目だなぁ……。

「にしても、ソフィアちゃんを『魅了』するとは許せないわねー」

「す、スイマセンデシタ！」

即効、土下座した。

「あ、あの……もしかして、ソフィア王女が巫女の資格を失ったりします？」

もし、そうなら俺は処刑モノの罪を犯したのでは？

が、返ってきたのは、予想外の返事だった。

「うーん、別に巫女って清らかじゃなくてもいいのよ？」

「え!? そうなんですか？」

ノエル王女が、巫女は清らかじゃないと駄目って言ってたけど……。

「それって人族が勝手に決めたルールだもの」

「そうなんですか？ なんでそんなルールを？」

俺の問いに、水の女神様《エィル》がふっと、笑った。

「そりゃ、巫女に恋人なんてできたら、女神教会としては面倒事が増えるだけでしょ？

そいつが変な男だった日には、教会の面子《メンツ》にもかかわるからね。人族って大変よねー」

まるで他人事《ひとごと》のように言う水の女神様《エイル》。

いや実際、他人事か。神様にはまったく関係ない、人間社会の都合だ。

「ま、そーいうわけだから。マコくんは、ソフィアちゃんとガンガン仲良くなりなさい！

私が許す！」

「……」

水の女神様《エイル》の許可が降りちゃったよ。つーか、前から許可してたなこの女神《ひと》は。

「そうそう、マコくん。一個注意ね。あなたの水魔法の熟練度で、水魔法使いと本気で同調《シンクロ》すると、相手に副作用があるから。今後は、控えめにね」

「副作用？」

「同調《シンクロ》って、一時的とはいえ相手と魔力《マナ》が混じり合うんだけど、あなたの熟練度だと混じり過ぎて『気持ちよく』なっちゃうのよ。今回は、『魅了』魔法とダブルで決まっちゃったわね。その結果が、さっきの出来事《キス》」

そ、そういう事か……。割と気軽にソフィア王女とは同調《シンクロ》してた。

「……以後、気を付けます」

次からは、控えめに。

「でも、それだけじゃあ、可愛《かわい》いソフィアちゃんを泣かせた罪の償いにはならないわねぇ

〜」

「う……」

にやりと、まるでノア様のような悪いことを企《たく》んでいる笑顔を向けられた。

（失礼ね！）

「あら、ノア。視《み》てたの？」

（ちょっとぉ、私のマコトに何をさせる気？）

「うーん、ソフィアちゃんの婚約者になってもらおうかなーって。ほら、ソフィアちゃん奥手だから」

（あら、それはいいわね。マコト、よかったじゃない。水の国《ローゼス》の最高権力者の一人と婚約者になれたわよ）

「ちょ、ちょっと、女神様!?」

変な方向に話が進んでるんですけど！

「まさか断る気？　巫女を魅了した罪で『天罰する』わよ？」

（マコト、男でしょ。責任とりなさい）

「あ、あの……ソフィア王女のお気持ちは？」

本人の意見が一番大事では？

「あー、大丈夫大丈夫。私が『神託』しておくから」

軽い！　『神託』って、そんなんでいいのか？

「じゃ、ちょっと、夢の中でソフィアちゃんと話してくるねー」

と言うや、ソフィア王女がふらっと倒れそうになった。

慌てて、ソフィア王女を支える。

ずっと、抱きかかえているわけにもいかないので、近くの椅子に座らせた。

ソフィア王女が起きるのを待っていた時間は、十五分くらいだっただろうか？

ぱちっと、開いた瞳の色は青かった。ソフィア王女だ。

ゆっくりと……、こちらへ視線を向けてきた。

「「……」」

ソフィア王女は、頬を桃色に染めて、ぼーっと俺を見つめている。

しばし無言の時間が過ぎる。俺は、恐る恐る声をかけた。

「ソフィア……気分はどう？」

「……よろしくお願いしますね、私の婚約者マコト……」

どうやら水の女神様《エイル》が、話をつけてくれたらしい。

◇

「「……」」

沈黙が部屋を支配している。非常に気まずい。
ムスっとして、頬杖《ほおづえ》をついているルーシー。
なぜか微笑《ほほえ》んで、黒猫を撫《な》でているさーさん。
黒猫。おまえ、いつの間に家の中に入ってきた？
そして、初めて会った時より、さらに無表情なソフィア王女。
あれは、緊張している顔だな。
三人の美少女が、俺のほうを見ている。胃がキリキリ痛む。
興味深そうに「修羅場？　修羅場なの？」とワクワク見ているフリアエさん。
一人だけ楽しそうだな！
何故《なぜ》こうなったのか？　そう、あれは——五分ほど前。

「あの……実は、ソフィア王女の婚約者になった……んだけど」

と言った瞬間、部屋の空気が凍りついた。
いつもの四人に加えて、なぜか一緒に食事の席についたソフィア王女について、「どうして王女様がここに居るの？」とルーシーに尋ねられたので、答えたわけだが。

うん、言ったらこうなるとわかってましたよ？

でも、黙っておくわけにもいかないし。

「どーいうこと？　私ってマコトの彼女よね？」

「高月《たかつき》くん……中学からの両想《おも》いだったって告白された後にこれ？」

火の玉ストレートが、二球続けて飛んできた。お、落ち着け俺。

『明鏡止水』スキルは、正常か？　ダメだ！　よくわからん！

（の、ノア様！　ヘルプ！　ヘルプ！）

（マコト、ガンバッ☆）

女神様が、導いてくれない！

「……勇者マコト、お二人はあなたの恋人なのですか？」

ソフィア王女の表情は変わらない。だけど、若干声が震えている。

「そうよ」「そーだよ」

ルーシーとさーさんの声が、極寒のごとく冷たい。

「そうですか……、やはり勇者パーティーのお仲間は、勇者の恋人なのですね……」

シュンとなるソフィア王女。

言ってなかったっけ？　言ってなかったな。

「で？　王女様と婚約したから、私たちとは別れるってわけ？　マコト」

「あーあ、庶民からお姫様に乗り換えかぁ、高月くん」

ルーシーとさーさんが、変なことを言いだした。

「「え？」」

俺とソフィア王女は、びっくりして顔を見合わせた。

「そうなんですか？」

「ち、違います！　そんなことは言いません！」

ソフィア王女がブンブン、首を横に振った。

「あら？　『マコトは私が貰《もら》っていくわ！』って話じゃないの？」

「今後、高月くんの半径五メートル以内に近づくの禁止、とか言わないの？」

ルーシーとさーさんが、きょとんとしている。

そんなことを想像をしてたのか。ソフィア王女は、そんなこと言わない……はずだ。

「私は一体どんな風に見られているのですか!?」

ソフィア王女が悲鳴を上げた。

「冷血な王女様？」「悪役令嬢？」

「おいおい……」

あんまりなルーシーとさーさんの言い草に、流石《さすが》にソフィア王女が気の毒になった。

まあ、俺も初対面の時は大いに誤解してたけども。

「冷血……悪役……」

ソフィア王女が落ち込んでいる。気の毒に……。

「じゃあ、私たちは今まで通りでいいのね？」

「高月くんの側《そば》に居られるなら、いいけど……」

ルーシーとさーさんは、納得はしていないようだが、先ほどよりは冷静になってくれた。

が、食堂内には引き続き気まずい空気が流れる。

「勇者マコト……、私はあなたの仲間に認められたの……ですか？」

「一応……、そーいうことでいいんじゃないかな？　ソフィア」

ソフィア王女が、耳元で囁《ささや》くので俺も小声で答えた。

それをやや白い目で見ていたルーシーが、ぽつりと言った。

「それで、どうしていきなり婚約なの？　急過ぎない？」

ルーシーが、当然の質問をした。それに答えたのは、ソフィア王女だった。

「私が勇者マコトの婚約者になったのは『神託』があったからです」

「神託？」さーさんが首をかしげた。

「女神が指示したって事よ、戦士さん。巫女《みこ》ならあり得るわね」

ぴんときていないさーさんに、月の巫女のフリアエさんが説明した。

今回の件の最後の一押しは、水の女神様《エイル》の『神託』なので、それは間違いない。

「あれ？　じゃあ、二人は恋愛感情は無いってこと？」

なーんだ、と安心した顔を見せるさーさん。

ピクっと、ソフィア王女の眉が動いた。

「単なる勇者の仕事ってわけ？　マコト」

「国民を安心させるために、勇者と巫女の婚約の大々的に発表をする。太陽の国《ハイランド》でもやってるわ。よくある民衆を高揚させるための戦略ね」

フリアエさんが、つまらなそうに言った。

桜井《さくらい》くんとノエル王女のことを思い出しているのかもしれない。

「そっか。勇者の仕事じゃ、仕方ないかぁ」

「驚いて損したね、るーちゃん」

「アヤだって、怒ってたくせに」

「もう、マコトってば。仕事なら最初からそう言ってよね」

どうやら、俺とソフィア王女の婚約は、国の政策という方向で納得してくれたらしい。

はぁ～、よかったよかっ……。

「…………………違います」

ソフィア王女がぼそっと言った。

「「え？」」

「わ、私は勇者マコトを愛しています！」

「「「!?」」」

え？　何を言い出すんですか、ソフィア王女。

「今日だって教会であんなに熱い接吻《キス》を……」

ちょっと、待って!?　あれは『魅了』の誤発動だから！

「「は？」」

ぎぎぎ……と、ルーシーとさーさんの視線が俺の方に向けられた。

さ、殺気!?　『危険感知』スキルが反応している！

「へぇ……マコト、ソフィア王女にキスしたんだぁ」

「ふぅん、高月くんも桜井くんと同じだねー。第二小学校出身の男はみんな手が早いんだよねぇ……」

二人が怖い！

フリアエさんの「私の騎士はモテるわねー」なんて声が聞こえてきた。

くっ、楽しそうだなぁ、観客《ギャラリー》！

剣呑《けんのん》な空気を察してか黒猫が、さーさんからフリアエさんのほうに移動した。

「なう、なう」

「あら？　私の焼魚が欲しいの？　卑しい猫ね」

とか言いながら、おかずを分けてあげている。

くそぅ、そっちだけ平和だな！　なんか助け舟を出してくれ！

「ねぇねぇ、私の騎士。あなたは三人の中で誰が一番好きなの？」

「ちょっと、フリアエさん!?」

とんでもないことを言ってきやがった。やっぱり黙れ！

三人の視線がこちらに集まる。そして、冒頭の三人からの視線につながる。

「マコト……」「高月くん……」「勇者マコト……」

三人の視線がどんどん強くなる。というか、だんだん近づいてきている。

気が付くと壁に追い詰められた。

ルーシー、さーさん、ソフィア王女の顔をぐるぐる見回して……。

ここから一人を選ぶ？　無理だろう！

『誰が一番好きですか？』
ルーシー
アヤ
ソフィア

おい『RPGプレイヤー』さん！　変な選択肢を出すんじゃない！

「選べません！」

その日、二度目の土下座を敢行した。……な、情けない。

恐る恐る見上げると、ルーシー、さーさん、ソフィア王女が顔を見合わせていた。

「……どうしようかしら？」

「困らせてしまいましたね……」

「あの……、ソフィア王女様。それで、婚約者になったら高月くんは、王都に連れて行かれちゃうんですか？」

「いえ、勇者マコトには木の国《スプリングローグ》と、火の国《グレイトキース》へレオと一緒に訪問してもらいたいと思っています。婚約者といっても、ずっと一緒に居るわけでは……。むしろ、ほとんど一緒には居られないかもしれませんね……」

「そうなんだ……大変」

ソフィア王女の言葉に、ルーシーとさーさんの表情が同情的なものになった。

「ねぇ、そしたら王女様も一緒にこの家で過ごしてもらったらどうかしら？」

「あ、いいね、るーちゃん」

「……あの、お二人はよいのですか？　急に婚約者と言ってきた私のことが疎ましいのでは？」

おずおずとソフィア王女が尋ねる。

「まあ、婚約が女神様の神託ってことなら仕方ないし。ねぇ、アヤ」

「そーだね、でも、ソフィアちゃんって高月くんとキスしちゃってるんだよねぇ。一つ屋根の下に住んじゃったら、高月くんがソフィアちゃんに夜這《よば》いをかけるんじゃ」

「おい、さーさん」

「大丈夫よ、私の裸を見ても、まったく手を出してこないマコトよ？」

「おい、ルーシー」

「それは、るーちゃんが気軽に裸を見せすぎるからだよ。正直、るーちゃんの裸は見飽きたんだよねー」

「あら、私の魅力が足りないって事？　アヤだって一緒に温泉入って、何も無かったくせにー。やっぱり胸がお子様だからかしら？」

「るーちゃん？　それ以上言うと戦争だよ？」

「はっ！　受けて立つわよ！　アヤ」

「ルーシーにさーさん、ストップ、ストップ」

なんかパーティー内で、戦争が勃発してるんですが!?

「あの……私は、ここに住んでも良いのですか？」

おずおずと、ソフィア王女が尋ねてくる。

「んー、ルーシー、さーさん、姫。ソフィア王女はここで一緒に居てもいい？」

「別に、いいわよ」細かいことを気にしないルーシー。

「高月《たかつき》くんが決めていいよ」基本、俺に一任するさーさん。

「私は気にしないわ」フリアエさんは、あまり本音で語らないからわからんな。

でも、一応パーティーメンバーの許可を得ることができた。

こほん、とソフィア王女が冷静さを取り戻す。

「では、皆さま。私は次の仕事までしばらく一緒に過ごします。……どうか、よろしくおねがいします」

――こうして、奇妙な共同生活が始まった。

◇ソフィアの視点◇

私は、勇者マコトの家に通うようになりました。

女神様の『神託』を受け勇者マコトの婚約者になったことは、通話魔法で、国王である父上と母上に伝えた。

水の国《ローゼス》において、水の女神様《エイル》のお言葉は絶対だ。

国王である父上ですら、『神託』には逆らえない。

とはいえ「どんな男だ！　今度城に連れてこい！」と偉い剣幕で言われましたが。

父上……、勇者認定式で一度会っているのに……。

まあ、ほとんど会話もしていないので、覚えていないのも仕方ないでしょう。

そして近隣を視察後に、レオにマッカレンへ戻るようにも伝えた。レオ自身もマコトに会いに戻るつもりだったようです。

勇者マコトと一緒に、諸外国へ行くよう伝えると喜んでいた。

おそらく、数日以内にはこの街を出発するでしょう。

そうすれば、また勇者マコトとは離れ離れだ。

それに私は水の国《ローゼス》の王女。家に居る時間は少ない。昼は教会で仕事をして、夕方になるとマコトの家に向かう。

家財道具はフジワラ商会が手配してくれた。

家の周りは、水聖騎士団に警護してもらっている。

最低限の兵士でよいと伝えていますが、……全員が警護にあたっているようですね。

あとで、全員に声をかけて回らないと。

フジワラ商会が、兵士たちに食べ物や簡易な住居も手配してくれているようです。

あの商会の人間は、本当に優秀ですね。

流石《さすが》は、勇者マコトの友人の経営する商会でしょうか。

私が家に入ると、勇者マコトが、肩に黒猫を乗せて歩いてきた。

どうやら修行の帰りらしい。

「勇者マコト、今日も修行お疲れさまでした」

「やぁ、ソフィア」

いつもクールな勇者マコトが、珍しく楽しそうだ。

「何か良いことがありましたか？」

「魔法剣をもう少しでマスターできそうなんですよ」

嬉《うれ》しそうに言いつつ、彼の周りには水魔法で創った蝶《ちょう》が飛び回っている。

「でも、もう少し休んだほうが……」

「ええ、あと少し修行したら休みますね、ソフィア」

一緒に、過ごして一番驚いたこと。

勇者マコトの生活は、誰よりも早く起きて女神様に祈りを捧《ささ》げ、修行を開始する。

そして誰よりも遅くまで修行している。見ていて身体《からだ》を壊さないか、心配になるほど。

（……もしかして、私が昔もっと修行をしたほうが、と言った影響でしょうか？）

そのように気に病んでいたら、ルーシーさんとアヤさんに笑われた。

ちなみに、二人にも私に気軽に話すようにお願いをしている。

「ソフィア王女、マコトの修行馬鹿は生粋だから気にしないほうがいいわよ」

「ソフィアちゃん。高月くんはね、修行が楽しいだけだよー」

「そう……なのですか？」

お二人曰《いわ》く、勇者マコトの長時間の修行は自発的なものらしい。

（私は、婚約者のことを何もわかっていませんね）

一緒に居られる期間は短い。少しでも勇者マコトのことを理解しよう。


「あら、そう？」

「る、ルーシーさん？　なんてはしたない恰好《かっこう》を！」

風呂上がりで、バスタオル一枚でウロウロしているルーシーさんに私は大声をあげた。

「ねぇ、マコト。ソフィア王女は、どうして驚いてるの？」

「ルーシーの常識の無さにだよ」

勇者マコトが、呆《あき》れた表情で修行を続けながら横目で告げている。

「でも、風呂上がりって暑くて汗かいちゃうから。すぐに服を着たくないもの」

「下着くらいは、着ろって。ほらっ」

「ちょっとぉ！　私の下着を手渡してくるのはヤメテよ！」

「普通に干してるじゃん」

「触られるのは、恥ずかしいの！」

「そういうもん？」

勇者マコト!?　なぜ、そんなに冷静なのです？

それと洗濯後とはいえ、女性の下着を手渡しはあり得ないと思いますよ！

それとルーシーさんは、タオルの下は裸なのですよね!?

「い、いけません！　男性の前で、肌を見せ過ぎです」

「そう？　男性って言っても、マコトだけよ？　ソフィア王女」

「そーいう問題ではありません！　ルーシーさん！」

「ほらほら、さっさと着替えろって」

「きゃっ、タオルがはだけちゃうから。……それとも見たいの？」

「少し」

「勇者マコト！」

「仕方ないわねー、マコトってばエッチなんだから」

ルーシーさんが、バスタオル一枚を身体に巻いたまま、勇者マコトに後ろから抱きついている!?　ちょ、ちょっと!?

「ルーシー……身体が濡《ぬ》れてるよ」

「なによ、少しくらい照れなさいよ」

ルーシーさんが不満げに唇を尖《とが》らせ、その後悪戯《いたずら》っぽい顔をして、勇者マコトの頬に軽く口づけをした。

「なっ⁉」

私は衝撃を受けたが、二人は慣れたやり取りの様子だった。

「じゃ、着替えて来るね。あとで一緒に修行するわよ」

ルーシーさんは、パタパタと走っていった。ああ、タオルがはだけそう……。

そして、勇者マコトはなぜ、顔色ひとつ変えないのですか！

……眩暈《めまい》がしてきました。いつも、こんな調子なのでしょうか。


「あ、アヤさん！　なぜ、勇者マコトの部屋に入ろうとするのです⁉」

「遊びに？」

「もう深夜ですよ！　婚姻前の男女がいけません」

「んー、でもいつも行ってるよ？」

「え、でも……」

言っているうちに、するりと猫のように勇者マコトの部屋に入っていくアヤさん。

私は一瞬躊躇《ちゅうちょ》して中に入った。部屋の中は、奇妙な光景が広がっていた。

「水魔法の蝶？」

部屋中に青い蝶が、何百匹もふわふわと飛び回っている。

こ、この数の水魔法を一人で操っている？　というか、ずっと修行してるんですか？

私が動揺しつつ、部屋の主のほうを見ると。

「あ、居ないと思ったらここに居たんだね。ツイー、おいでー」

「さーさん、ツイってその黒猫の名前？」

なーう、と鳴く黒猫を勇者が撫《な》でていた。

「うん、可愛《かわい》いでしょ？」

「なんで、名前が『ツイ』？」

「なうなう、って鳴くから『ツイ・ッター』って名前にしたよ。略してツイだよ！」

「……名前の変更を希望する」

「えー、もう決めちゃったしー」

「黒猫《ツイ》、ねぇ……」

（二人は何を言っているんでしょう……？　異世界の言葉でしょうか？）

勇者マコトは、アヤさんと談笑している。

何百匹の水魔法の蝶を操りながら。無詠唱で、視線すら向けずに。

これがおかしいことは、私でもわかります。

昔、レオが言っていたことがよく理解できました。

勇者マコトの、魔法熟練度は常人とかけ離れている。

「ソフィア、どうしたの？」

「修行中のところ、すいません。アヤさん、修行の邪魔をしては……」

そう言いながらアヤさんのほうを見ると……って、アヤさん！

「どうして、勇者マコトのベッドで寝てるんですか!?」

「あー、高月くんのにおいがするー」

ぐっ、それは一体どんな……。って、何を言ってるんですか！　私は！

「今日は自分の部屋で寝てよ。さーさん」

「んー、気が向いたらね～」

「ちょっと、待ってください。今の発言はどういう意味ですか？」

婚約者としては、聞き捨てならない。

「さーさんは、俺のベッドに寝転がってそのまま寝落ちすることが多いんですよ」

「そ、それは勇者マコトも一緒に寝ると……」

そ、そんな！　毎晩のように同衾《どうきん》を!?

「俺は、一人で床で寝てますよ」

「一緒に寝ればいいのに。てか、一緒に寝ようよ！」

アヤさんが、勇者マコトの腕をひっぱりベッドに引き込んだ。

「わっ!?」「ニャァ!?」

勇者マコトが、アヤさんに抱き寄せられる。黒猫は、ベッドの端に避難している。

「ほらほら～、修行ばっかりで疲れちゃうよ？　休憩しよう～」

アヤさんは、勇者マコトの頭を胸のあたりで抱きしめ猫を触るように髪を撫でている。

な、なんて破廉恥な……。勇者マコトも、そんな気持ちよさそうな顔を……。

「はいー、ぎゅーってしてあげるね」

「んー、じゃあ、この姿勢でいいか」

勇者マコトは気にする様子なく、魔法の修行を続けている。

これが彼の日常なんでしょうか……。

私は、水の女神様《エイル》の言葉を思い出す。

「マコくんは、真面目で鈍感系だからねー。ガンガン行かなきゃだめよ」

「ガンガンとは一体……」

「うーん、ルーシーちゃんとアヤちゃんを真似《まね》するのがいいかも。あれだけ攻めても、その反応!?って感じだから。ノアの誘惑すら防ぐだけあるわねー」

「は、はぁ……」

誘惑と言われましても、エイル様。

「マコくんは初心《うぶ》だから、うかうかしていると他の女に染まっちゃうわよ？」

「そ、染まる……？」

「愛《いと》しのマコくんが、他の女ばかり追いかけてソフィアちゃんに見向きもしないのは……嫌でしょ？」

「っ!?」そ、それは嫌です！

「じゃ、マコくんとの距離を縮める事。これは神託ね」

「は、はぁ……」

「汝《なんじ》、勇者マコトと仲良くなって、水の国《ローゼス》を救いなさい」

水の女神様《エイル》は、最後だけ真面目な口調で去っていった。

確かに、私は恋愛の経験はありません。

せっかく、女神様の導きで『好きな人』と婚約者になれました。

――私は、行動することにしました。

◇高月《たかつき》マコトの視点◇

「……勇者マコト」

俺が部屋で修行していた時、ソフィア王女がやってきた。

その表情はクールに見えて、少し緊張しているようにも思う。

「ああ、ソフィア。そろそろ夕食の時間か……」

呼びに来てくれたようだ。食堂に向かおうかな、と思ったら。

――ガチャン、と何かが閉まる音がした。

「ソフィア……？」

「……隣、いいですか？」

答える前に、ソフィア王女が隣に腰かけた。

右手に、ソフィア王女の左手が重ねられた。

ドキリ、とする。

無表情ながら少しほほを染めたソフィア王女の肩が、少し俺の肩に触れた。

「勇者マコト……」「ソフィア？」

同時に何かを言いかけた時、

「マッカレンに居る全冒険者、兵士に告げます！　至急、西門へ集合してください！　魔物の集団暴走《スタンピード》が発生しました！　危険レベルは『災害指定・街』です。繰り返します……」

冒険者ギルドから、風の拡声魔法による、緊急放送が街中に響いた。

五章　高月マコトは、危機に直面する

「水の街《マッカレン》に居る全冒険者と全兵士に告げます！　至急、西門へ集合してください！　魔物の集団暴走《スタンピード》が発生しました！　危険レベルは『災害指定・街』です。繰り返します……」

　そのアナウンスに、俺とソフィア王女の表情が変わった。

「ソフィア。俺は西門に向かいます」

「私は教会に向かい、神官、僧侶たちを指揮します」

「フリアエのことをお願いして、いいですか？」

「わかりました。お気をつけて、勇者マコト」

　俺は、ソフィア王女と短いやり取りをすると、部屋の外に飛び出した。

「姫！　ソフィア王女と一緒に行動してくれ！」

「…………わかったわ」

　廊下にいたフリアエさんが、一瞬何か言いたそうな顔をしたが素直に頷《うなず》いてくれた。

「マコト、行きましょう！」「高月くん、行こう！」

　ルーシー、さーさんと合流し、水の街《マッカレン》の西門へ向かう。

　その途中、冒険者ギルドからの緊急放送は続いている。

――『災害指定・街』。

大迷宮《ラビュリントス》の深層以下ならともかく、グリフォンすら珍しい水の街《マッカレン》では、ただ事じゃない。

街の住人も、いつもと違う雰囲気に不安げな様子を隠せていない。

家に籠もる人、教会へ向かう人、様々だ。俺たちは人々の間を駆け抜け、西門へ走った。

「マコト！　来たか！」

「ルーカスさん！」

よかった！　マッカレン冒険者ギルド一番のベテランが、今日は居てくれた。

他にも『鬼切りのブラッド』『豪槍《ごうそう》のクラーク』『巨人殺しのイアン』『大酒飲みのジャスティン』の二つ名を持つ、ベテラン冒険者の皆も揃《そろ》っている。よかった。

その中でも、特に見知った顔がこちらに駆け寄ってきた。

「高月様！　今回の魔物の群れは前回の比では、ありまセン！」

ウサギ耳をピンっと立てたニナさんだ。険しい表情をしている。

「ニナさん、魔物の数はどれくらいですか？」

前回は五百だった。それより多いとなると、千か二千か。

「い、一万匹の魔物の群れデス……」

「……………一万？」

「そんなに!?」「多過ぎるよ！」

俺の間の抜けた声と、ルーシーとさーさんの悲痛な声が響く。

集まっている冒険者も同じような表情だ。若い冒険者は青ざめている。

一万？　何かの間違いだろ？　そこらの街の人口より、多い数じゃないか！

「まぁ、そう悲観するなって、マコト」

頭を叩《たた》かれて振り返ると、ルーカスさんだった。

「ルーカスさん！　今居るマッカレンの冒険者と兵士全員を合わせると何人ですか？」

「三百人くらいだな」

「えぇ……」

戦力に差があり過ぎる!?　こんなん無理だろ……。

「若いやつは、初めてだろ。本格的な集団暴走《スタンピード》ってのは、まともに相手にしちゃだめなんだ。おーい、土魔法が使えるやつは、門を壊されないように壁を作ってくれ。ただし、人が通れる程度の隙間は残しておけよ」

「「「うーい」」」

ベテラン冒険者さんが、若い冒険者や魔法使いに指示を出している。

「マコト。俺らが仕切ってるけど、よかったか？」

「もちろん、お任せします」

俺を含め、若い冒険者はおろおろするだけ。ベテラン冒険者が頼りだ。

「よーし、話を聞いてくれ！　冒険者以外もだ！」

ルーカスさんが、大声で呼びかけた。

若い冒険者や街の衛兵、神殿騎士《テンプルナイト》たちが集まってくる。

その中に、ジャンやエミリーの姿も見えたが、軽口をたたく余裕はなかった。

全員、緊張で表情が強張《こわば》っている。

「いいか！　集団暴走《スタンピード》の魔物共は、いかにやり過ごすかが大事だ。幸い水の街《マッカレン》の城壁は、かなり頑丈にできてる。それを、土魔法でさらに補強する。遠距離攻撃ができる魔法使いと弓士は、城壁の上で待機だ」

魔法使いであるルーシーは、指示に従って城壁に上るようだ。

あ、俺も魔法使い（見習い）だった。

「マコト。お前はどうする？」

「ルーカスさん。俺は精霊魔法を使って遠距離攻撃手段を手に入れたんですよ」

「ほう、そうか、じゃあ魔法使い組だな」

「ねぇ、高月くん、私は？」

そーいえば、さーさんは近距離専門だった。困ったな。

「アヤ嬢ちゃんは、門前で待機だ。できれば、出番が無いほうがいいが、城門が破られたら俺たち近接戦闘組が、最後の砦《とりで》になるからな」

「はーい、でも高月くんが心配だからそばに居てもいいですか？」

「そうだな……。勇者のマコトに誰も付かないのも変だからな。よし！　アヤ嬢ちゃんなら任せて問題なさそうだ」

ルーカスさんは、さーさんが戦う姿を見たことが無いだろうに、その強さを疑ってないみたいだ。強者は強者を知るってやつなのかねぇ。むぅ、なんか羨ましい。

「マコト、アヤ嬢ちゃん。城壁に上がるぞ。俺は全体に指示を出す」

俺たちはルーカスさんに続いた。

城壁は、数メートルの高さがあり、上には人が歩ける程度の道が通っている。

魔法使いたちは、既に詠唱を始めているようだ。

ルーシーの魔法は時間がかかるし、間に合うといいんだけど……。

俺はちらりと、城壁の外を睨《にら》むルーカスさんのほうを見た。

「ルーカスさん、落ち着いてますね」

「バカ言うな。『災害指定』の集団暴走《スタンピード》なんざ滅多とねーよ。正直、マッカレンじゃなければ、本当に街が滅んでいるところだ」

よく見るとルーカスさんの表情は、今までで最も真剣な顔だった。

「ルーカス、魔物が来た！　あと一分で先頭集団がこっちにやってくる」

飛行魔法が使える偵察の人が戻ってきた。

ほどなくして、一万を超えるという魔物の群れが、姿を現す。

森林の陰に隠れ、群れの全体が見えないほどの大群。

ゴブリン、コボルト、オーク、鬼《オーガ》、巨人……前の時より種類が多い。

「魔法使い！　準備できてるな！」

城壁の上に並ぶ魔法使いたちの詠唱がそろそろ終わりそうだ。

その中で、ひときわ目を引く魔法使いが居た。

「王級魔法……ルーシーか」

「るーちゃん、すごーい」

大賢者様に譲ってもらったルーシーの曾《ひい》おじいさん――英雄ジョニィ・ウォーカーの杖《つえ》を掲げ、ルーシーの魔力《マナ》に反応するように、髪と瞳が紅《あか》く輝いている。

杖に集まる魔力《マナ》が、竜巻のように渦巻き立ち上る。

――火の王級魔法・不死鳥《フェニックス》
ルーシーの杖から、巨大な火の鳥が姿を現す。

若干、不安定ながらもゆっくりと大きさを増してゆく。

「流石《さすが》は紅蓮《ぐれん》の魔女の娘だな」

ルーカスさんのつぶやきが聞こえてきた。

そろそろ、俺も準備するか。

「精霊さん、精霊さん」

ノア様の短剣をかかげ、水の精霊に呼びかける。

精霊と一体化した短剣の刀身が、青く輝く。

同時に、圧縮された魔力《マナ》が熱を持ったように脈打ち始めた。

ノア様の短剣に、魔力《マナ》が充電《チャージ》される。

レオナード王子曰《いわ》く――王級魔法並みの魔力《マナ》らしい。それでも。

（ルーシーの魔力《マナ》には敵《かな》わないな……）

ちらりと、どこまでも大きくなる炎の不死鳥を眺める。あいつ《ルーシー》、マジで底なしの魔力《マナ》だ。

魔法使いたちの詠唱が終わった。

魔物の群れの先頭集団は、五十メートル近くまで迫っている。

「撃て!!」

ルーカスさんの合図で、みんなが一斉に魔法を放った。

――魔法剣技・水龍の爪！

俺は、ノア様の短剣に溜《た》まった魔力《マナ》を一気に解放して、巨大な刃として放った。

ルーシーの巨大な火の鳥を筆頭に、凄《すさ》まじい威力の魔法の数々が魔物の群れに突き刺さった。

――ツッツッツッ！！！！！！！！！！！！

爆音と共に、目の前が爆発と土煙で見えなくなる。鼓膜がやられたのではないかと思うほどの、轟音《ごうおん》。地面が、盛大に揺さぶられる。

土埃《つちぼこり》が晴れた後に現れたのは、千匹近い魔物の亡骸《なきがら》だった。

焼かれ、潰され、切り刻まれている。開戦の先制攻撃としては、成功だろう。しかし。

「倒せたのはせいぜい、千匹か……」

ルーカスさんが苦々しい口調で呟《つぶや》いた。

すぐに魔物の死体を乗り越えて、新しい魔物が押し寄せてくる。

「次の魔法を撃て！　飛行系の魔物を優先的に倒せ！」

グリフォンや飛竜《ワイバーン》の姿もちらほら見える。

魔法使いたちが、そいつらを倒していく。

「炎の嵐《ファイアストーム》！」「落雷《サンダーボルト》！」「吹雪《ブリザード》！」「落石《ロックフォール》！」

魔法使いたちは、絶え間なく魔法を撃ち続ける。

それによってさらに数百匹の魔物が倒れた。

それでも、向かってくる勢いは変わらない。おいおい、無限湧きか……？

「ルーカス、……様子が変だ」

「ああ、そろそろ勢いが衰える頃だと思うんだが……」

「まずいぞ……魔力《マナ》切れを起こした魔法使いがではじめた」

「魔力《マナ》回復の道具で、魔力《マナ》を補充しろ！　代金はギルドが払ってくれる！」

ベテランさんたちは、高価な魔力《マナ》回復アイテムの使用を躊躇《ちゅうちょ》している若い冒険者に指示を出している。

俺の場合は……魔力《マナ》回復アイテムは必要ないんだが、何回か精霊魔法を使ったら、どんどん威力が落ちていった。

(多分、この戦場のせいだ……)

水の精霊は平穏を好む。こんな血と砂埃の激しい場所が、好きなわけがない。

魔法を撃ち続けている魔法使いは……ルーシーだけか。

他の魔法使いは、全員魔力《マナ》切れになった。

「魔法で、倒せたのは、二千匹ほどか……」

「普段なら十分なんだが」

魔物の群れは、まだ八千匹近く残っている。

マッカレン近くの木々は、最初の魔法によって吹き飛ばされている。

奥の森から、魔物が湧き出るように姿を現す。

(あれ？　なんか変だぞ)

何か違和感がある。

「高月《たかつき》くん！　さっきの飛竜《ワイバーン》は、高月くんが撃ち落としたやつだよ！」

さーさんの声に続いて、誰かが叫ぶ。

「あの巨人は、俺の魔法で倒したはずだぞ！」

「あの大鬼《ビッグオーガ》もだ！　俺の魔法が直撃したはず！」

「魔物が復活してる……？」

「そんな馬鹿な……」

そんな声が聞こえて来た時、

──オオオオオオオオォォォォォォ！！！！！

低い唸《うな》り声《ごえ》によって、大気が震えた。なんだ？

大森林の上に、巨大な黒い影が現れる。ここからの距離は遠い。

──『千里眼』スキル。

見えたその姿は。

（黒竜……？）

その黒竜の周りには、高密度の魔力《マナ》によって空間が蜃気楼《しんきろう》のように揺れている。

「古　竜《エンシエントドラゴン》だ！　あいつが魔物を復活させている！」

「馬鹿言うな！　こんな所に古　竜《エンシエントドラゴン》が居るはずが無い！」

「ルーカス！　お前は昔、古　竜《エンシエントドラゴン》と戦ったんだろう。あれは本当に古　竜《エンシエントドラゴン》か？」

ベテラン冒険者たちが、焦った声をあげている。

彼らが、ここまで余裕無い様子を初めて見た。

「俺が古竜《エンシエントドラゴン》と戦ったのは、大迷宮《ラビユリントス》の深層だ。地の古竜《エンシエントドラゴン》とは戦ったことがあるが
……あれは、空の古竜《エンシエントドラゴン》。俺も初めて見る」

「古竜《エンシエントドラゴン》なのは、間違いないのか……？」

「おそらく、な……」

「くそっ、じゃあ、この集団暴走《スタンピード》は、奴《やつ》が原因か？」

「わからん、だが無関係とも思えない……」

「冗談だろ……？　古竜《エンシエントドラゴン》なんて、オリハルコン級の冒険者じゃないと……」

冒険者の間に、不穏な空気が広がり始めた。

「流星群《メテオレイン》！」

ルーシーが、何十回目かになる魔法を放つ。

肩で息をして、相当に疲弊している。

あいつ……一人であんなに。大丈夫か？　俺は心配になって駆け寄った。

「ルーシー、一度休もう。みんな魔力《マナ》回復アイテムを使って回復しているから」

「……はぁ、はぁ。……大丈夫よ。マコト。まだ、魔力《マナ》には余裕があるから」

だけど、集中力は限界だろう。杖を持つ手が少し震えている。

ちらっと、城壁の外を見ると魔物の群れは相変わらずこちらに迫っている。

しかし、魔法は打ち止めだ。ルーカスさんの表情は険しい。
西門に辿《たど》りつかれるのも、時間の問題か……。
その時、上空から一匹のグリフォンが、ルーシーに襲い掛かってきた。危ない！
「ルーシー！　避けろ！」慌てて叫ぶ。
「るーちゃんに近づくな！」さーさんも、すぐに気付きルーシーのほうに走った。
さーさんが、グリフォンを『鬼神の大槌《おおつち》』で吹っ飛ばすのと、グリフォンのカギ爪が、
ルーシーを襲うのはほぼ同時だった。
「きゃあああっ！」
ルーシーが悲鳴を上げて、城壁の下に落ちた。

『ルーシーを助けに飛び降り……』

↑

「ルーシー！」

一瞬、選択肢がちらりと目端に映ったが、俺はそれを無視して城壁から飛び降りた。

身体《からだ》を魔力《マナ》で纏《まと》い、衝撃に備えた。

次の瞬間、ルーシーと一緒に地面に叩《たた》きつけられ、全身が衝撃と痛みに襲われた。

意識を失いそうになるのを、『明鏡止水』スキルで防ぐ。

「ルーシー……大丈夫、か？」

口の中に血の味が滲《にじ》んだ。全身が痛みに悲鳴を上げている。

「ははっ……ミスちゃった。なんでグリフォンって私ばっかり狙うんだろ……ね」

弱々しく笑うルーシーの肩と腕に大量の血が流れでている。

「ちょっと、待ってろ……」

急いで回復薬をルーシーに振りかける。

「……マ……コト……後ろ」

『RPGプレイヤー』スキルの視点切替で、数匹の鬼《オーガ》が迫るのを確認した。

ええいっ！　この忙しい時に！

――水龍の爪
俺は後ろを振り向かず、精霊の魔力《マナ》を纏った短剣を振るい、まとめて切り飛ばす。

これで精霊の魔力《マナ》の充電《チャージ》は、打ち止めだ。

回復薬をかけたルーシーの流血が止まる。でも傷は、完全には消えない。

引き続き回復薬を使い続けるが、治りが遅い。

これ以上は回復魔法じゃないと駄目だ。

「高月くん！　るーちゃんは、大丈夫!?」

グリフォンを倒したさーさんが、降りてくるなり近場の魔物をまとめて吹っ飛ばした。

「血は止まった！」

けど、傷は癒えていない。魔物の群れは、どんどん密集度を増している。

いずれ押しつぶされる。

「この！　来るなっ！」

さーさんが、孤軍奮闘してくれているが、さーさんの居ない方向からも魔物が迫る。

（精霊魔法……は、水の精霊が少なすぎる）

自身の魔力量《マナ》はゼロだ。でも、ルーシーから離れるわけにいかない。

……俺は短剣を握りしめた。これで戦うしかないか。俺が覚悟を決めたその時。


——従いなさい、下等な獣ども！


戦場に似つかわしくない、鈴の音のような透き通った声が響いた。

え？　急に魔物が同士討ちを始めた!?

俺たちと魔物の間に立っているのは、美しい黒髪の美女。

「姫！　何でここに!?」

ソフィア王女と一緒に居るはずの、フリアエさんがなぜかそこに立っていた。

「ソフィア王女は住民を誘導し終えて、怪我人《けがにん》を受け入れるわ！　私は回復魔法が使えないし……、何か嫌な予感がしたからこっちに来たの」

「……ありがとう、助かった」

守護騎士のはずが、姫に守られたよ……。

フリアエさんは、未来が視《み》える運命魔法の使い手。

だから彼女の『嫌な予感』に従って、助けにきてくれた。

さーさんと、フリアエさんによって、一時的に俺とルーシーへの魔物の脅威が去った。

後は、タイミングを見て城壁の上に戻れば……、と考えていた。その時、

「竜斬り！」

巨大な闘気《オーラ》の刃が、魔物を数体まとめて切り裂いた。

分厚い刃の巨大な剣を構え、使い込まれた鎧《よろい》の戦士が、俺たちを守るように魔物の前に立った。そのまま、手近な魔物を切り飛ばしてくれた。

「マコト、ルーシーと一緒に街の中に逃げろ」

「ルーカスさん！　どうして降りてきたんですか！」

しかし、見ると他の剣士や格闘家の近接戦闘を得意とする冒険者が次々降りてくる。

「ここからは総力戦だ」

ルーカスさんが、周りに号令をかける。

「いいか、よく聞け！　これからゴールドランク以上の冒険者は古竜《エンシェントドラゴン》に挑む。シルバーランク以下の者は、兵士と一緒に西門を守れ！　魔法使い！　魔力《マナ》が回復したら援護しろ。怪我人は、すぐに城壁の中で手当てしてもらえ！」

「古竜《エンシェントドラゴン》……勝てますか？」

古竜《エンシェントドラゴン》──それは、千年以上生きた竜種のことをそう呼ぶ。

地上に生きる生物で、最強と呼ばれる竜。

『古竜《エンシェントドラゴン》』は、竜種の中でもさらに特別強力な個体だ。

熟練の冒険者ですら、滅多に会えない。出会えば、酒場で大いに自慢話のタネになる。

勿論《もちろん》、生き残ることが条件なわけだが……。

「今回ばかりは、厳しいかもな……」

ルーカスさんの眉間に深いしわが寄っている。

「る、ルーカスさん？」

弱気な発言に驚いた。いつも、どんな魔物相手でも何とかなるって言ってたのに。

酒場で散々、武勇伝を聞かせてくれたじゃないか！

「若いころに、大迷宮《ラビュリントス》の深層で一度だけ古竜《エンシェントドラゴン》と戦った。あの時は、十人以上のミスリルランクとプラチナランクの合同パーティーだったが……半分以上が死んだよ。生き残れたのはただのラッキーだ。マコト、お前は勇者だ。まずは生き延びることを考えろ」

「……そんな、でも」

俺の反論を待たず、ルーカスさんは他の冒険者たちへ指示を出している。

ほどなくして、即席で古竜《エンシエントドラゴン》の討伐パーティーが結成された。

「高月《たかつき》様。旦那サマをよろしくお願いしますネ」

「に、ニナさん……？」

気が付くと、ニナさんが近くに居る。いや、それより今何て言った？

「私はゴールドランクの冒険者。古竜《エンシエントドラゴン》の討伐チームに加わりマス」

「待って！　ニナさんは、冒険者を引退したんだろ！」

もうすぐ結婚式だってあるはずなのに！

「でも、ここで古竜《エンシエントドラゴン》を倒さないとマッカレンは終わりです。だから私も行きマス」

ニッコリと笑うニナさんは、いつもの明るいニナさんの笑顔だった。

マッカレンのベテラン冒険者たちが行ってしまう。

異世界人だけど、弱い俺のことをからかわれ、変な二つ名をつけられ、毎日、些細《ささい》なことにかこつけて宴会ばかりしているみんなが。

（……駄目だ）

彼らが死地に向かう兵士にしか見えない。しかし、俺はそれを止めれるはずもなく、ルーカスさんを中心に、ベテラン冒険者たちは大森林へ突入した。

集団暴走《スタンピード》の側面に回り込むように、木々に隠れながら古竜《エンシェントドラゴン》のもとへ向かった。

(そして古竜《エンシェントドラゴン》のところにたどり着けば……)

激しい戦いになる。あの古竜《エンシェントドラゴン》は恐らくこの集団暴走《スタンピード》を引き起こしている。

強力な魔物たちが古竜《エンシェントドラゴン》のもとに集まり、ルーカスさん、ニナさんたちは古竜《エンシェントドラゴン》だけでなく、魔物の群れに襲われる。勝ち目はあるのか?

「……多分、全員は生き残れない」とルーカスさんは言っていた。

それでも『竜狩り』の異名を持つルーカスさんなら、相討ちまでもっていけるかもしれない。それが、ルーカスさんの作戦だった。

いや、作戦じゃない。玉砕特攻だ。あたりを見回す。

土埃《つちぼこり》と火魔法で焼け焦げた魔物の死体。

静けさと平穏を好む水の精霊の姿は見えない。

俺の魔法は、役に立たない。役立たずの……勇者。

——終了《ジエンド》

そんな文字が頭に浮かび。

じわりと絶望的な感情が心に染み渡る。

「××××××（ウンディーネ）!!」

精霊語で水の大精霊《ウンディーネ》の名を叫ぶ。いい加減に、手を貸してくれ。

……それでも、水の大精霊《ウンディーネ》は姿を現さない。

さーさんが、巨人の魔物相手に大槌で応戦している。

フリアエさんは、素早く動く大狼《たいろう》の群れをうまく魅了できず、苦戦している。

他にもシルバーランクの冒険者たちが、城壁を背になんとか凌《しの》いでいるが……。

（ここも、長くはもたない……）

『明鏡止水』スキルが無ければ、頭を掻《か》きむしりそうになりながら、横たわるルーシーを支えることしかできない。

……他に、他に何か選択肢は無いか？

まるで、それに呼応するように、ふわりと、空中に文字が浮かんだ。

『誰と同調《シンクロ》しますか？』

フリアエ

ルーシー

（ん？）

目の前に選択肢が浮かび上がった。見慣れた文字。

しかし、いつものように『はい』『いいえ』で答える選択肢ではなく、「ほら、早くしろよ」とでも言いたげに、スキルが提案してきた。これは一体……？

いや、迷っている時間は無い。選ぶしかない。

（ん～、でもどっちを？）

フリアエさんと同調《シンクロ》？　そうなると使えるのは、魅了魔法か呪い魔法。

魅了魔法で魔物を同士討ちさせるのは便利だが、俺がそんなにうまく扱えると思えない。

そもそも月属性の魔法が威力を発揮するのは『夜』。今じゃない。ならば……。

「ルーシー、同調《シンクロ》を使わせてくれ。怪我をしてるのに悪いんだが……」

「ううん……大丈夫。でも、前みたいに火傷《やけど》しちゃうかも……」

「それなら、大丈夫」

ノア様の言葉によれば、俺とルーシーは『恋の契約』によって、以前より同調《シンクロ》しやすくなっている。だから大丈夫……なはず。

「ねぇ、同調《シンクロ》ってことはアレよね？」

「え？」

ルーシーが、苦しげに微笑《ほほえ》みながら怪我をしてないほうの手を俺の首に回す。

「ルーシー、無理して動くと……」

怪我に響く……と言おうとして、言えなかった。

「ほら……んっ」

キスされた。

その瞬間、目の前が真っ赤になった。真っ赤な光が溢《あふ》れていた。

いつのことだったか、巨神のおっさんに初めて精霊を視せてもらった時のような光の奔流。いや、あの時以上だ。見渡す限り、火の精霊で溢れかえっている。

これは一体……？

（いや、待て。思い出せ……確か）


――火の精霊は、喧嘩《けんか》と祭りが大好き。

『出典：はじめての精霊語』


火の精霊、江戸っ子かな？

物騒な精霊が居たもんだ、とその時は思った。

どうせ火の精霊は、俺には関係ないと忘れていた。

現在、俺の周りは、戦争《ドンパチ》の真っ最中。要は喧嘩だ。火の精霊が大好きな。

「熱っ！――××××（ちょっと、離れろ）」

近くにいる、火の精霊が熱い！

慌てて精霊語で、注意する。

ああ、……以前、俺が火傷したのはこいつらのせいだったのか。

ルーシー、お前の魔族の血ってのは関係なさそうだぞ。

「……マコト？」

キスをやめルーシーが、不思議そうな顔で俺を見上げる。

火の精霊は――視える。

「××××××、×××××××（火の精霊さん、チカラを貸してくれ）」

「「「「×××！（おう！）」」」」

力強い返事がきた！　いける。

「高月くんー、私とふーちゃんが必死で戦っているのに何やってるのかなぁ～？」

「私の騎士！　色ボケもほどほどにしなさい！」

あ、やべ。ルーシーとの同調《キス》を見られた。

「さーさん！　今から俺の精霊魔法で、魔物を全部吹っ飛ばす！　みんなに避難するように言ってくれ！」

「えぇ～、もぉー！　わかったよ！」

プンプン怒りながらも、さーさんは大きく息を吸い込むと、

「みんなー!!　今から高月くんが、魔物を全部吹っ飛ばすから逃げて――――!!!!」

拡声魔法を使っていないのに、大森林中に響き渡るような大声で叫んだ。

いいね、さーさん!　よし、じゃあいくか!

俺はルーシーの手を強く握る。

使う魔法は『火の初級魔法・火弾《ファイアボール》』

魔法使いなら誰でも使えると言われるくらい、簡単な魔法。

ただし、火の精霊によって無限の魔力《マナ》がある今なら――。

◇フリアエの視点◇

「な、何よ…………これ?」

私は呆然《ぼうぜん》と空中を見上げた。

見渡す限り、空を埋め尽くす火弾《ファイアボール》。

魔物は怯《おび》え、冒険者たちまでも呆《ほう》けた顔をしている。

「さっさと城壁の近くに逃げて!　仲間が逃げ遅れてないか、点呼して!」

戦士《アヤ》さんが、大声で叫んでいる。慌てて逃げ出す冒険者たち。

魔物がそれを追いかけるが、超スピードの火弾《ファイアボール》が、魔物に直撃した。

地面に着弾した火弾《ファイアボール》は、縦方向に火柱をあげる。

見ると一ヶ所だけではなく、いたるところで逃げる冒険者を追う魔物が、火弾《ファイアボール》に燃やされている。でたらめな『魔法精度』と『視野の広さ』だ。

それを操っているのは。

「なぁ、さーさん。たしかニナさんたちが森へ入ったのは、左側だよね？」

「うん、だから右側の魔物集団は攻撃していいと思うよ」

「オーケー」

と私の騎士が言った瞬間、数百の火弾《ファイアボール》が魔物の群れに突き刺さり、そして数百の火柱が立ち上った。哀れな魔物たちの断末魔の叫びが上がる。

きっとあそこに居た魔物には、地獄のような状況だろう。

だけど、私はその残酷な景色が、綺麗《きれい》だとすら思ってしまった。

完璧に制御された魔法は、かくも美しい。

その時、空中を大きな影が横切った。

「高月くん！　緑竜《グリーンドラゴン》が来たよ！」

「げっ、またあいつか」

嫌そうな声をあげる私の騎士。たしか、前回は相当苦戦したとか。

「火弾《ファイアボール》」

ぼそっと、つぶやくように言ったその言葉のあと、緑竜《グリーンドラゴン》は数百個の火弾《ファイアボール》で囲まれ、
ギャアアアア……、と悲しげな鳴き声をあげながら、墜落していった。

え？　そ、そんなあっさり？

「わー、高月《たかつき》くん。上手に焼けました！」

ぱちぱちと戦士《アヤ》さんが拍手している。

緊張感も何もあったもんじゃない。

「マコト！　冒険者と兵士は、全員避難が終わった！」

冒険者たちが、私の騎士に報告している。どうやら退却が完了したらしい。

「よし、じゃあ。仕上げますかね」

そう言いながら、私の騎士が短剣を掲げる。

「××××××××……」

私の騎士が聞き取れない言葉で、何かを呟《つぶや》いている。

……ズズズ、と溶岩のような魔力《マナ》が……集まる。集まる。集まる。際限なく。

「ひぃっ!?」

悲鳴をあげたのは、一緒に戦っていた魔法使いの一人だった。

（まぁ、悲鳴も上げたくなるわよね……）

私も月魔法使いの端くれだ。

私の騎士の周りに渦巻く、狂ったような魔力《マナ》の量を感じ、身震いした。

なんで、あんな中で平気で立っていられるの？

今でもまぶしいくらいに空を覆っていた数千の魔力《マナ》が、さらに数倍に増殖した。

上級魔法使いが数百人いたって、真似《まね》できないだろう。

しかも、これを実行しているのは『たった一人』なのだ。

頭のおかしい魔力《マナ》を、やすやすと制御しているそいつは――私の騎士《たかつきまこと》は、楽しそうに、愉《たの》しそうに、嗤《わら》っていた。

楽団を指揮する指揮者のように、手を振るう。

――火魔法・炎の豪雨《フレイムスコール》
私の騎士の声が聞こえた。

でも、そんな魔法は存在しない。私の騎士が、即興で造ったのだ。

ドドドドドドドドドドドドドドドドドドドドドド……、と、まるで滝のように、絶え間なく火弾《ファイアボール》が、魔物の群れに降り続けている。

魔物たちは悲鳴を上げながら逃げまどっているが、退路は炎の柱でふさがれている。

地獄絵図だ。なんてやつだろう。

私は愉しそうに魔法を操る、私の守護騎士を眺めた。

王級の運命魔法使いである私には『因果の糸』が視《み》える。

因果の糸は、影響力のある人間ほどたくさん繫《つな》がっている。

王族や貴族、勇者なんかは、沢山の『因果の糸』——影響力が視える。

では、水の国《ローゼス》の勇者の場合は？

視えない。私の騎士には、因果の糸が一本も視えない。

だから、最初私は、彼が何も影響力を持たないひ弱な存在なのだと思った。

でも違った。

高月マコトは、戦士さんや魔法使いさん、あげくローゼスの王女にまで好意を持たれている。なのに、何も視えない。私は彼の未来が視えない。

私のチカラが通じない相手。気になった。

もしかしたら、何かとんでもないチカラを隠しているのかも……。

だから、自分の『守護騎士』にならないか、ともちかけた。

ただし、結論から言うと守護騎士になっても何も視えなかった。

高月マコトは、何かチカラを隠しているわけじゃなく、ただの修行好きで真面目な勇者だった。

高月マコトや仲間の子たちは、良い人たちだ。

呪いの巫女《みこ》の私を差別することなく、接してくれる。

連れてこられた水の街《マッカレン》も、いい場所だった。

ここは居心地がいい。そう思った。

でも——運命魔法で、私には水の街《マッカレン》が滅びる未来が視えた。

小さな田舎街では、とても防げない魔物の集団暴走《スタンピード》。

でも、未来視は絶対じゃない。

何もせずに、滅びを待つのは嫌だ。柄じゃないと思ったけど、何もしないのは嫌だった。

勇気を出して戦場までやってきた。

(でも、これは………無いわ)

絶望的と思われた破滅の危機は、たった一人の魔法使い見習いによって、吹き飛ばされた。

私が視た未来は消し飛んだ。

——水の街《マッカレン》へ押し寄せていた魔物の集団暴走《スタンピード》は、跡形もなく燃え落ちた。

◇高月マコトの視点◇

一万匹の魔物の群れは、全て居なくなった。

俺はルーシーとの同調《シンクロ》を解く。

「はぁ～、マジしんどかった……」

今回は焦った……本当に。

「あはは、お疲れ、高月くん」

「私の騎士………凄《すご》いわね」

さーさんと、フリアエさんがやや疲れた笑顔を向けてきた。

二人には、本当に助けられた。でも、何といっても一番の功労者は彼女だ。

「ルーシー、ありがとう。怪我《けが》を治さないと……、回復魔法使えるやつ呼ぼう」

「う、うん……。ねぇ、マコト。あなたって、火魔法スキルは持っていないわよね？　なんで、あんな風に火魔法が使えるの？」

「ん？」

俺はルーシーの怪我が心配なのだが、ルーシーはさっきの魔法が気になるらしい。

「えっと、水魔法と同じ要領で使えるよ。ルーシーと同調《シンクロ》している時は、一時的に『火魔法』スキルが使えるんじゃないかな？」

理屈は、はっきりわかってないけど。今度、ノア様に聞いてみようかな。

「何よそれ、反則じゃない」

なぜか、フリアエさんにツッコまれた。

「でも、水魔法よりは操作が難しかったよ。感覚的には、熟練度が100くらい下がった印象かなー」

「ちなみに、マコトの魔法熟練度っていくつだっけ？」

「260くらい？　もうちょい、あったかな」

「「……」」

何だよ、ルーシーにフリアエさん。その目は。

「マコトくん！　ルーシー！」

エミリーが来た。いいタイミングだ。

「エミリー！　ルーシーが怪我をしてるんだ。回復魔法を頼む」

顔見知りの僧侶が来てくれた。

「任せて！」

エミリーが呪文を唱え、ルーシーの傷が癒えていく。よし、これでルーシーは大丈夫だ。

あとは、古竜《エンシエントドラゴン》のところに向かうだけだ。

「さーさん、一緒にニナさんのところに……」

（待って！　マコト）

「待ちなさい！　私の騎士！」

「ん？」

ノア様とフリアエさんに、同時に声をかけられた。

（古竜《エンシエントドラゴン》はダメ！　今来てるやつは二千年は生きてる古竜《エンシエントドラゴン》の中でも古株よ。マコトじゃ、勝てないわ）

「古竜《エンシエントドラゴン》と戦っちゃダメ。そっちには破滅の未来が……、でも私の騎士なら大丈夫なのかしら……」

ノア様は真剣な声。

フリアエさんは、途中で意見がブレたらしい。どしたの？

（ノア様。では、質問ですがルーカスさんたちは、古竜《エンシエントドラゴン》に勝てますか？）

（……マコト。辛《つら》いと思うけど、世の中には諦めないといけないことが……）

「よし！　さーさん、行こう！」

（ちょっとぉ！）

諦めるのは、却下だ。

「うん。ニナさんのところ？」

「ああ、古竜《エンシエントドラゴン》を倒す！」

（だから、倒せないって！）

「まぁ、まぁ、やってみないとわかりませんよ？」

「高月くん、誰と話してるの？」

「女神様。姫は、ここで残っていてくれ」

「う、うん……」

「マコト！　気を付けて！」

心配そうなフリアエさんと、辛そうだけど笑顔のルーシーに見送られながら、森の奥を目指した。

俺とさーさんは、魔物たちの死体のわきを抜け、森の中……訂正、焼け野原の中を走る。

「ルーカスさんたち無事だといいけど」

「みんなベテランさんたちなんだよね？　きっと大丈夫だよ」

さーさんと会話しながら、古竜《エンシエントドラゴン》のもとへ急ぐ。心配だ、ニナさんや他のみんなが。

（……マコト、聞きなさい）

ノア様の真剣な声が聞こえた。

「何でしょう？　ノア様」

（今のマコトとアヤちゃんじゃ、古竜《エンシエントドラゴン》に絶対に勝てないわ。引き返しなさい）

「でも、ルーカスさんやニナさんたちが戦ってくれているのに、俺だけ逃げるわけにいきませんよ」

「高月くん、女神様は何て言ってるの？」

「俺やさーさんじゃ、古竜《エンシエントドラゴン》に勝てないって。……さーさん、ここまで来てくれて悪いんだけど、さーさんは先に戻って……むぐ」

さーさんに、いきなり頬をつねられた。痛い。

「バカなことを言うのは、この口ですか～？」

「ごめん、もう言わない」

ここまで来て引き返してくれ、ってのは無しか。

……最悪、さーさんは『残機』スキルがある。

俺と違って、生き延びる可能性は、はるかに高い。

（ねぇ、マコト。お願いだから逃げて……）

「嫌ですよ」

ルーカスさんやニナさんが戦っているのに、尻尾を巻いて逃げられるはずが無い。

（頑固ね）

「譲りませんよ」

それにしても今回は、ノア様の引き留めが粘り強い。

そんなに、危険なのだろうか？

「高月《たかつき》くん、何か手はあるの？」

さーさんが不安そうだ。

引き返す気は無いみたいだけど、女神様が勝てないと言えば不安にもなるだろう。

まあ、こういう時はアレだ。
俺は、信者ゼロの女神様に入会した特典を得ないと。
「ノア様。助けてください」
（…………………え？）
「たった一人の信者がこのままだと死んでしまいます。助けてください」
日本古来からの伝統である神頼み。
（むむ……そう来たか……）
たまには、真正面から頼ってみようかと。
で、どうでしょう？
（………………）
まぁ、手が無いなら、自力で考えます。
もう一回、『RPGプレイヤー』スキルさんに選択肢を依頼するか。
改めて、水の大精霊《ウンディーネ》……、これはダメだ。他に手は、……うーむ。
（……………無くはないわ）
お？
（……あぁ、マコトに『これ』教えたくなかったんだけど……）
「何か、手があるんですね!?」

（……危険な手段よ？　使うのはこれっきりにしなさいよ）

「前向きに検討します」

（あんたねぇ……）

「冗談ですよ。で、その方法とは？」

（……うぅ、嫌だなぁ）

頭をかかえるノア様。

――不承不承、ノア様はその『手段』を語ってくれた。


漆黒の古竜《エンシェントドラゴン》の姿が見えてきた。

古竜《エンシェントドラゴン》と向かい合っているのは、見慣れたベテラン冒険者たち。

その中心に居るのはルーカスさん。古竜《エンシェントドラゴン》以外にも、何体か竜がいる。

ニナさんや、何名かでその竜たちの相手をしているが、苦戦している。

「ルーカスさん！」

「マコト!?　バカ野郎！　何で来たんだ！」

ルーカスさんに怒鳴られたが、俺は無視した。

放っておけるわけないでしょうが！

「さーさん、ニナさんたちの手伝いを頼む！」

「うん、わかった！　高月くんも気を付けて！」

古竜《エンシェントドラゴン》もだが、普通の竜の相手をしている冒険者たちの負担が大きい。

何名かは、倒れているものもいる。

さーさんが、突撃して手近な竜の頭を『鬼神の大槌《おおつち》』でぶっ飛ばした。ナイス！

ドガン、と竜の脳天に大槌が直撃して、竜が目を回している。すげぇな。

っと、俺は古竜《エンシェントドラゴン》を倒さないと。ルーカスさんに近づく。彼らもまた、満身創痍《まんしんそうい》だ。

鎧《よろい》も武器もボロボロになり、身体《からだ》中が血と泥に汚れている。

「……マコト、言っておくが奴《やつ》には、俺を含めほとんど攻撃が通用しない。状況は、絶望的だぞ」

ルーカスさんが、疲労した表情で苦々しげに言った。

他の冒険者を見ても、諦めている様子は無いが表情に明るさが無い。

俺は、ノア様の短剣を古竜《エンシェントドラゴン》に向けて構えた。

「……愚カナ虫ケラガマタ増エタか……」

おお！　古竜《エンシェントドラゴン》は喋《しゃべ》るのか。古竜《エンシェントドラゴン》の声は低く、威圧感がある。

「高月くん！　あの魔物喋ってるよ！」

さーさん、そっちのバトルも忙しいのにいちいち反応してくれるんだね！

「ああ……うん」

てゆーか、よく考えるとさーさんもカテゴリー的には魔物じゃん？

黒い古竜《エンシエントドラゴン》の鱗《うろこ》は、多少の傷はあれど、殆《ほとん》どダメージを負ってないように見える。

比べて、こちらの冒険者たちは皆ボロボロ。

「マコトが来たからには、策があるのか？」

「……一応『裏技』を持ってきました」

「わかった。俺たちどれくらい時間を稼げはいい？」

「何か聞かないんですか？」

俺は少し驚いてルーカスさんの顔を見る。

「マコトが勝算がある、って言うなら信じるさ」

にやりと笑って、言い切られた。

他のベテランさんたちも、同じみたいだ。

「なんせ『クエスト成功率１００％』のマコトだからな」

「なんです、それ？」

「知らないのか？　お前の二つ名だよ。マリーのやつが、クエストの棚卸しをしてて気づいたらしくてな。マッカレン冒険者ギルドで、唯一のクエスト失敗なしの冒険者がマコトだ」

「ま、その九割以上がゴブリン狩りだけどな」

「ああ、そういえば ゴブリンの掃除屋《ゴブリンクリーナー》って二つ名もあったな」

「俺は、そっちしか知らないですよ」

俺の知らない間に、そんな二つ名が。

——グォオオオオオオオオオ！

古竜《エンシエントドラゴン》が、唸《うな》り声《ごえ》と共に大きく羽ばたく。

突風が巻き起こり、木々の葉が吹き飛んでいった。

……待っててくれた？ いや、違うな。

やつは、自分で回復魔法が使える。見ると、ルーカスさんがつけた傷がすべて癒えている。

まったく、厄介な敵だ。

「行くぞ！ マコトの援護だ」

「「「「おう！」」」」

冒険者たちが古竜《エンシエントドラゴン》に一斉に向かっていった。

ルーカスさんの闘気を纏《まと》った剣技が。魔法使いたちの上級魔法が、古竜《エンシエントドラゴン》を襲う。

(ダメージがほとんど通ってない……)

このままじゃ、倒せない。唯一、古竜《エンシエントドラゴン》に傷を与えているのはルーカスさんの剣技だけだ。

古竜《エンシェントドラゴン》もルーカスさんだけには、注意しているように見える。
それ以外の冒険者の攻撃は、ほとんど効果が見えない。
俺は、火の精霊の魔力《マナ》を充電した短剣を握り直した。
ルーシーと同調《シンクロ》した時に、充電した残りの魔力《マナ》だからやり直しはきかない。
一発勝負だ。
（……よし）
俺はノア様に教えてもらった通りに、短剣の刃を己の手に押し当てた。
刃が皮膚を切り裂き、血が滴る。……痛い。でも、痛みは無視する。
ノア様の短剣が血を吸い鈍く輝く。

——捧《ささ》げます、ノア様。

その瞬間、身体からごっそり『何か』が奪われた。身体が鉛のように重い。
短剣が、禍々《まがまが》しく輝き始める。
これが『神気』……。
俺はいつもノア様に祈りを捧げるように、短剣を両手で摑《つか》む。そして祈った。
己が信ずる女神様《ノア》へ。

◇

（マコト……あなたの血と魂を私に捧げなさい。その神器を通して）

説明するノア様の言葉の節々に、嫌そうな感情がこもっていた。

「……えっと、するとどうなるんです？」

反対に俺はワクワクする。なんか希少な裏技っぽい！

（神への生贄《いけにえ》術……、人族は自爆魔法って呼んでる技よ……）

「自爆魔法！」

太陽の国《ハイランド》で、蛇の教団が使ってたあれか！

魔力《マナ》が無くても、寿命を使って魔法が使える……って。

「俺、死んでしまうんじゃないですか？」

（古竜《エンシエントドラゴン》とまともに戦ったら、どのみち死ぬわ）

「自爆魔法を使わなくても、火の精霊の魔法で勝てませんか？」

俺はちらりと、ノア様の短剣を見て聞く。

（無理ね。マコトは剣技は素人なんだから、群れていた雑魚の魔物ならともかく
古竜《エンシエントドラゴン》には通用しないわ）

「自爆魔法……生贄術を使うとどうなるんです？」

（女神《わたし》が力を貸すわ。マコトの寿命と引き換えに。……気は進まないけどね）

「何でです？」

（あのねぇ！　私はマコトに強くなって、長生きしてもらわなきゃ困るのよ！　マコトのことだから、こんな方法を教えたら今後も気軽に使いそうだし！）

……正直、使えそうなら多用しそうな気がする。

（駄目、絶対！）

じゃあ、気を付けて使います。

（絶対よ！　わかったわね！）

俺はノア様と約束して、新しいチカラを得た。

◇

「女神様《ノア》、どうか御力《おちから》を。憐《あわ》れな信者に加護を」

（……女神ノアの名において……あ～、やだやだ）

ちょっと、ノア様？　真面目にお願いしますよ。

（私、生贄術って嫌いなのよ……自然の摂理に反してるから）

まあまあ、可愛《かわい》い信者のためですから。

(わかったわよ……。女神ノアの名において)

ここで、ノア様がすっと息を吸い、言葉を発した。


――あなたの血と魂を贄《にえ》とし、あなたに刹那の『奇跡』を授けます

次の瞬間。

手に持っている神器《たんけん》がグニャリと歪《ゆが》んだ気がした。

短剣の刃は、魔力《マナ》ではないこの世の理《ことわり》を超えた『神気《ナニカ》』を纏っていた。

その『神気《ナニカ》』を見つめていると、心をかき乱すような不安を覚え、聞こえるはずの無い無数の悲鳴が聞こえ、恨めしげな視線を向けられている気がした。

混沌《こんとん》とした名状しがたい恐怖が――俺は、短剣から目を逸《そ》らした。

これ以上、『神気』を見つめるのは止《や》めよう。

「ルーカスさん。準備できました！」

「わかった！　おまえら！　散開！」

ルーカスさんの掛け声で、みんなが一斉に古竜《エンシエントドラゴン》から距離をとる。

俺は短剣を構え、古竜《エンシエントドラゴン》と目が合った。

「……矮小《わいしょう》ナ虫ケラヨ……水ノ国ト共ニ滅ビルガヨイ」

ん？　水の国《ローゼス》が滅びるっつったか？

もしかして、水の女神様《エイル》の神託の原因ってこの古竜《エンシエントドラゴン》だろうか？

だったら、丁度いい。

俺は炎の魔力《マナ》と『神気』を纏った短剣をゆっくりと振るった。

――女神の奇跡・神殺しの刃

虹色に輝く斬撃が、古竜《エンシエントドラゴン》へ襲いかかる。

そのスピードは決して速くない。

「……クダラヌ」

古竜《エンシエントドラゴン》には、その攻撃が脅威に映らなかったらしい。

「駄目か……」

ルーカスさんたちにも、やや落胆の表情が見える。

だが、その魔法には女神様へ『奇跡』への祈りを込めてある。

願う奇跡は『必中』と『神撃』。

『必中』は、昔ニナさんが巨神のおっちゃんに指でつつかれた時に見た奇跡だ。

速さとは無関係に、その奇跡を用いれば『必ず当たる』。

そして、『神撃』。

ノア様が話してくれた。

この短剣の素材には、かつて神界戦争《ティタノマキア》で使われた武器が元になっているそうだ。

ゆえにこの短剣は、神すら殺し得る。

その『神撃』の奇跡を、魔法に付与した。

俺が放った斬撃は、おぞましい『神気』を纏い、古竜《エンシエントドラゴン》へ迫った。

その斬撃を古竜《エンシエントドラゴン》は、余裕を持って躱《かわ》した…………ように見えた。

「……我ハ、竜王アシュタロトサマの直参。矮小ナ人間ノ攻撃ナド……」

嘲るような声。それが最後の言葉だった。

避けられたと思った刃が、なぜか当たり、悲鳴を上げる間もなく、古竜《エンシエントドラゴン》の身体《からだ》がズタズタに引き裂かれた。バラバラになった古竜《エンシエントドラゴン》の亡骸《なきがら》がどさりと地に落ちる。

短剣の禍々しい光が消えた。

次の瞬間、眩暈《めまい》を感じ地面に手をついた。

……なんか、生命力を一気に失った感じがする。

（これが自爆魔法か…………）

「「「「「…………」」」」」

ルーカスさん含め、冒険者全員が信じられないものを見る目でこちらを振り返った。

……ついでに、周りにいた竜もそれを見て動きが止まっている。

それを見たさーさんが、竜たちを『威圧』スキルを使って一喝した。

「お前ら！　高月《たかつき》くんに同じ目に遭わされたいか！」

さーさんの『威圧』スキルがとどめになったらしい。

残りの竜は、慌てて飛び去っていった。

……終わったか。俺はその場に膝をついた。

「高月くん！」

さーさんに支えられ、何とか意識を保つ。

「マコト……さっきのは、……いや。何でもない。助かったよ、街に戻ろう」

ルーカスさんの微妙な表情からして、『禁呪』である自爆魔法を使ったことに気づいたのかもしれない。

「むっ！　だれかが居ます！」

ニナさんが、急に森の中に突っ込んで行き、ローブを着た女を羽交い絞めにしてきた。

「は、離せ！」

その顔には蛇の入れ墨があり、頭に角が生えている。魔人族？

「こいつ、どうしまショウ？」

「身柄を拘束してギルドか、神殿に引き渡そう。今回の魔物の集団暴走《スタンピード》に絡んでいるかもしれない」

「魔人族が裏で手を引いてたのか」

ベテラン冒険者は、そこに驚きは無いようで、冷静に話している。

俺はというと、ひどい目に遭ったので正直もう会いたくなかったのだが。

本当、ロクなことしないな、こいつら。

その時、視界が一気に暗くなった。これは……もう駄目そうだ。

「高月くん？」

「……ごめん、さーさん。少し寝る」

俺は、意識を失った。


目を覚ましたら、ルーシーとさーさん、フリアエさんの顔があった。

「マコト、大丈夫？」

「よかったぁ！　高月くんが目を覚ましたー」

「私の騎士、無茶し過ぎよ」

みんなに看病をしてもらっていたらしい。

「ごめん、心配かけた。起きるよ」

寝かされた場所は、いつものギルドの休憩室だった。

俺はふらふらしたが、寝てる気分じゃなかったのでギルドのエントランスに向かった。

冒険者ギルドの中にある酒場は、お祭り騒ぎだった。

一万を超える魔物の群れから、街を守ったのだ。

ギルドのメンバーだけでなく、街の兵士や神殿騎士《テンプルナイト》、ふじやんたち、商人の姿も見える。

街全体が、今回の勝利に沸いている。

どうやら、ギルドのエントランスに人が入りきらず、外も宴会場になっている。

折角だし、俺たちもその祭りに混じった。

しばらくは、色んな人たちが挨拶にきた。

俺が起きるのを待っていた人も、多かったようで、御礼を言われた。

その後、適当な席でチビチビ酒を飲みながら、周りの様子を見てみると、ルーシーが、若い冒険者に囲まれている。

みんなが魔力《マナ》切れになる中、ずっと隕石落とし《メテオ》を使い続けていた姿に若い冒険者たちは感動したらしい。

「どうやったらルーシーさんみたいになれるんですか!?」

「魔法、教えてください！　ルーシーさん」

とかブロンズランクの冒険者が、キラキラした眼差《まなざ》しを向けている。人気者だねぇ。

さーさんは、というと。

「なぁ、あんたの威圧すげぇな。竜が逃げていったぞ」

「ねね！　アヤちゃん！　今のランクは？」

「えっと、ストーンランク？」

「「「「は？」」」」

ベテラン冒険者に囲まれて、ストーンランクであることを驚かれている。

まぁ、……『威圧』スキルで竜を追い払えるやつがストーンはないよなぁ。

俺はというと、フリアエさん、マリーさんやら、ニナさんやらふじやん、クリスさんと同じテーブルでまったり飲んでいる。

ルーシーと同調《シンクロ》した火魔法のことで、冒険者に囲まれそうになったのだが、次期領主であるクリスさんが一緒の卓にいるので、みんな気軽に近づけないようだ。

そう！　クリスさんは無事、領主に内定したのだ！

よかった、よかった。

というわけでマッカレンの無事と、ふじやんの奥さんの次期領主の祝いをしていた。

（あれ……？）

喧噪《けんそう》の中。誰にも気づかれないよう、そっと席を離れる黒髪の美女が目に留まった。

フリアエさんだ。ちらりと見えた横顔は、少し元気が無いように見える。

今日、俺とルーシーのピンチに颯爽《さっそう》と駆けつけてくれた月の巫女《みこ》。
寂しげに外に出ていくのが気になって、俺はそのあとを追いかけた。

六章　高月マコトは、月の巫女と語る

俺は、フリアエさんを追いかけた。

皆が騒いでいるギルド前の広場を抜けてやってきたのは、マッカレンの共同墓地。

フリアエさん、墓地好きだなぁ……。初めて出会った時の既視感《デジャヴ》を抱いた。

月明りの中で、黒色のワンピースと長い黒髪が輝き、幻想的な光景を映し出している。

なんとなく話しかけづらくて、木の陰に隠れて様子を窺《うかが》った。

「ツイ〜。うりゃ、うりゃ」

「なう、なう」

フリアエさんが、黒猫の喉をさすってごろごろ鳴らしている。

というか、黒猫の名前はそれに決定したんですね……。

元気無いように見えたけど、猫と遊んでいるだけか。気のせいだったかな？

しばらく見ていると、フリアエさんが急にこちらへ振り向いた。

「何か用？　私の騎士」

ありゃ、ばれてたか。『隠密《おんみつ》』スキルを使わなかったから、普通に気付かれたようだ。

「こっそり居なくなるから、どうしたのかと思って」

俺は頭をかきながら、木の陰から出ていった。

「……今日、大変だったわね。『寿命』を削って古竜《エンシェントドラゴン》を倒したんですって？」

「他に方法が無かったからね」

黒猫《ツイ》が、こちらに近づきズボンに顔を擦り付けてきた。可愛《かわい》い。

「その魔獣、あなたに懐いてるわね」

「ああ。人懐っこい猫……、ま、魔獣っ!?」

ドキッとして黒猫を見下ろす。きょとんとしたつぶらな瞳でこちらを見上げてくる。

可愛い。これが魔獣？　え、うっそ。冗談でしょ？

「気づいてなかったの？　あなたの弱い『魅了』魔法に影響されるくらいだから、水属性の魔力《マナ》を持ってるんじゃないかしら。無意識で『魅了』したんじゃない？」

「……まじか、お前魔法猫《マジカルキャット》だったのか？」

黒猫の頭をこしょこしょと撫《な》でる。柔らかい毛が気持ちよい。

愛らしく頭を擦り付けてくるが、将来、水魔法・中級を使ったりしませんよね？

そんなことされたら泣くよ？

「……ちなみに、危険は無いよね？」

「魔物の幼体だから弱いし、そもそもあなたの『魅了』にかかってるから安全よ」

そっか。じゃあいいや。世間話は、これくらいにしよう。

「元気無いみたいだけど？」

「……………別に」

俺が聞くとフリアエさんの表情が曇る。言いたくないのだろうか？

無理に聞き出すのも気が引けるが……。

「私の騎士」

真剣な目で、フリアエさんがこちらを見つめてきた。

「……今日の集団暴走《スタンピード》。蛇の教団が裏で手を引いてたらしいって聞いた？」

「ああ、なんかギルドの人たちがそんなことを言ってたっけ？」

ニナさんが捕まえた魔人族は、やっぱり蛇の教団の関係者だったらしい。

でもまだ噂《うわさ》の段階だ。取り調べが進めば、はっきりしてくるだろう。

「蛇の教団員は、魔人族で構成されている。知ってるわよね？」

暗い表情のままフリアエさんが、話し続ける。

「一応、知ってるけど」

なんの話だ？

「…………私は、魔族の血を引いてる。……私も魔人族なの」

目を逸《そ》らしながら、消え入るような声を発した。

「へぇ」

月の国《ラフイロイグ》の廃墟《はいきよ》に住んでいる住人は、魔人族が多いと聞いてる。

フリアエさんは、月の国《ラフイロイグ》の出身。そこまで驚くことじゃないような。

「驚いた？　月の巫女が魔人族だなんて」

「いや、別に……」

「嘘《うそ》よ！」

何故《なぜ》か信じてもらえなかった。

「蛇の教団は、私を幹部に迎えると言ってきたこともあるわ。もちろん断ったけど。もしかしたら、今回の襲撃は私が狙いだったのかもしれない……」

「…………」

フリアエさんの声は、沈んでいる。そんなことを考えてたのか。

でも魔物の集団暴走《スタンピード》の原因が、フリアエさんとは限らないのでは？

どちらかというと、あの古竜《エンシエントドラゴン》の狙いは、水の国《ローゼス》そのものだったようだし。

「魔族の血を引いて呪われた巫女と一緒に居て、いいことなんて無いわ。ねぇ、私の騎士。今まで短い間だったけど、楽しかった。リョウスケに頼まれたから、私の守護騎士を続けてくれたんでしょうけど、守護騎士の契約は解除しま……」

「待ちなさい！　フーリ！」

静かな墓地に、大声が響いた。

振り返るとルーシーと、さーさんが立っている。

あれ？　いつの間について来てたんだろう。

「るーちゃんが、高月《たかつき》くんとふーちゃんが逢引《あいび》きしているから、追いかけなきゃって」

苦笑するさーさんに説明された。

「ちょっ!?　アヤ！　それは言わなくていいから」

そんな心配されてたのか。逢引きじゃねーよ。

「大体、高月くんがそんなことするはずないよねぇ……。既に三人も恋人がいるのに……」

なんか、後半の声が怖くなった。さ、さーさん、『威圧』が漏れてない？

『危険感知』アラートが、ビービー鳴り響く。あと光が無い瞳が怖いです。

さーさんの言葉に背筋をぞくぞくさせていると、足元の黒猫《ツイ》は、のん気に毛づくろいをしている。おまえ、危機感無さすぎだろ。

竜ですら逃げ出した『威圧』なんだけど……。案外、大物なのかもしれない。

「何をしに来たの、魔法使いさん」

フリアエさんの口調は硬い。

「フーリはマコトのパーティーを抜けるつもりなの？」

ルーシーはいつも通り、単刀直入だ。

「そうよ。私みたいな厄介者が居るとあなたたちに迷惑をかけるわ」

「そんなことは……無いよ？　ねぇ、高月くん」

さーさんが、こちらに同意を求めるような視線を送ってくる。

「迷惑なんて思わないよ。それに女の子の一人旅は危険だろ？」

「大丈夫よ。ここの墓地から、何体か死霊騎士《アンデッドナイト》を作って護衛させるわ」

どうやらちゃんと考えているらしい。

けど、「じゃあ、どうぞ」ってのもなぁ。

（うーむ、これはアレだな）

俺は桜井《さくらい》くんとの会話を思い出した。

◇

太陽の国《ハイランド》を離れる前の会話だ。

「フリアエってさ、高月くんや佐々木《ささき》さんのこと名前で呼ばないだろ？」

「あー、確かに。何でだろうね？」

俺のことを『私の騎士』。

ルーシーを『魔法使いさん』。

さーさんを『戦士さん』。

名前では呼ばない。桜井くんだけ名前呼びだ。

あんまり気にしてなかったけど。

「あれってさ。フリアエは過去に親しかった人たちが、みんな死んじゃったかららしいんだ」

「…………そ、そうなんだ」

「育ての親、友人、月の巫女の信者、多くが死んでしまった。だから、新しく知り合う人を名前で呼ぶと、死に別れた時に悲しくなるから名前を呼ばないんだって……」

「……重い、話だね」

そんな理由だったか。

「ちなみに、僕は光の勇者だから、死にそうにないから名前で呼ぶわ、って言ってた」

「へ、へぇ……」

てっきり好きな人だけ、名前で呼ぶというタイプのツンデレキャラかと思ってたんだけど。遥《はる》かにヘビーな理由だった。

「どうして、そんな話を？」

「いや、なんとなく高月くんならフリアエの心を開けるんじゃないかと思って」

「え〜、そうかなぁ」

桜井くんみたいに女の子の扱い上手《うま》くないよ？

「高月くんは、昔からちょっと変わった人に好かれるだろ？」

「……別にそんなことないけど？」

「中学の時に、英語の高橋《たかはし》先生が高月くんのことを気に入ってたろ？　他のどの生徒にも厳しいのに、高月くんにだけ優しかった」

ニッ、と悪戯《いたずら》っぽい顔で笑う桜井くん。

「その話は、忘れてくれ……」

黒歴史なんだ。

英語の女教師、高橋先生（二十九歳独身）が、ゲームセンターでストレス発散しているところをついつい声かけちゃって、ゲームセンターで対戦をしたんだけど。

それ以来えらく気に入られたんだよなぁ……。

連絡先を交換して、長文メールが来るようになって、携帯に電話が毎晩きて。

あれは、怖かった…………。

そんな高橋先生にも、確か俺が中学卒業の頃には婚約者ができてたはず。

「ゴメンね、高月くん。あなたが二十歳になるまで待てなかったの……」

と高橋先生に謝られた。……なんで、俺が振られたことに!?　納得いかねぇ！

「ま、フリアエさんに心を開いてもらえるよう頑張るよ」

「ああ、高月くんなら大丈夫だよ」

昔の話はともかく、一応やるだけやってみることを桜井くんに伝えた。

そんな会話だった。

◇

（どうやら、心は開いてくれなかったよ、桜井くん）

フリアエさんは一人で去ろうとしている。

でも、その前にもう少し腹を割って話してみたいと思った。

「ねぇ！　フーリは魔族の血を引いていることを気にしてるのよね？」

地獄耳のルーシーは、俺たちの会話を聞いていたらしい。

「……そうよ。誰だって魔人族なんかと仲良くしたくないに決まって……」

「ちなみに、私の父親は魔族よ！　つまり半魔族ね！　フーリはどうなの？」

「へっ？」

おお、珍しい。クールビューティーなフリアエさんが、ぽかんとしている。

そういえば、俺たちの経歴って言って無かったもんな。

「えっ、あなたエルフなんじゃ。あ、でも髪が赤いか……。でも、半……魔族？」

「そーよ！　でも、マコトはそんなこと気にしないわよ！　フーリなんて、見た目は完全に人間なんだから魔族の血は私より薄いでしょ？」

ルーシーが、ドヤって顔をしている。

フリアエさんが、どうしていいものかわからない顔で、こっちを見てきた。

「あ、あの！　私の騎士や戦士さんは、……本当に気にしないの？」

俺とさーさんが顔を見合わせる。

「えっとね……実は、私こーいうものでして」

さーさんが、『変化』スキルを解いた。ラミア姿のさーさんが、現れる。

久しぶりに見たなぁ。蛇女《ラミア》バージョン。

「きゃあっ！　ま、魔物!?」

悲鳴をあげるフリアエさん。

「あー、そんな悲鳴を上げられると、ちょっと傷付くなぁ」

「ご、ごめんなさい、戦士さん」

「まぁ、いいよー」

笑いながらさーさんは、人間の姿に戻った。

「戦士さんは、異世界人じゃなかったの……？」

「うん、高月くんと同じ世界から来たよ。だけど、私は転生？　したんだって。大迷宮《ラビュリントス》のラミア族に」

「……そ、そんなことがあるの？」

ルーシーとさーさんを、交互に見比べ。フリアエさんは、こっちを見つめてきた。

「ねぇ、私の騎士。あなたは、どうなの？」

「どうって？」

「実は魔族や魔物に転生してるの？」

「いや、純異世界人だよ」

「そ、そう」

安心したようにため息をついたフリアエさん。

「ま、俺は邪神の使徒なんだけどね」

「はぁっ!?」

その日、一番の大声だった。

「あなた、水の国《ローゼス》の勇者でしょ！　バカなこと言わないで！　騙《だま》されないわよ！」

いや、そんなこと言われましても。

「本当です、悩ましいことに勇者マコトは、古い神族の使徒です」

突然、凛《りん》とした声が聞こえてきた。

「ソフィア？」

神官服を着たソフィア王女だった。なんでここに？

「ソフィア王女！　あなたは水の巫女《みこ》でしょう！　水の女神《エイル》が、邪神の使徒を勇者認定するはずが無いわ！」

「……それが、直々に許可の御言葉《おことば》を賜っています」

やや諦め気味に語るソフィア王女。

「……そんな、……馬鹿なことが」

驚きに固まっているフリアエさんは、置いておいて。

「ソフィア。なんでこんなところに？」

ここ墓地だよ？

「エイル様に教えていただきました。勇者マコトがここに居ると」

水の女神様《エイル》……、結構フランクに会話されるんですね。

「……そ、そうだとしても！　私は千年前に人類にとって厄災の化身と言われた魔女の生まれ変わりよ！　どこに行っても疎まれる！　私と一緒にいれば、あなたたちにとって重荷になるわ！　私はどの国に行っても馴染めない厄介者なのよ！」

なおも、自分を卑下するフリアエさん。

「なぁ、姫」

俺は一歩踏み出し、彼女の手を摑《つか》んだ。

「「「……」」」

ルーシー、さーさん、ソフィア王女の視線が厳しくなる。

いや、別に変なことはしませんよ？

「俺の女神の使徒としての目的を教えるよ」

「……なに？　急に」

「海底神殿からノア様を救い、聖神族から天界を奪い返す」

「は？　魔王を倒すんじゃなかったの？」

「勇者マコト!?　一体何を！」

「勿論《もちろん》、大魔王も倒すよ。ついでに」

でも、本来の目的はノア様とティターン神族の復興。

俺の答えにフリアエさんだけじゃなくて、ソフィア王女まで取り乱している。

そういえば言ってなかったかも。

ルーシーとさーさんにも初めて言ったけど、こっちの二人は「へぇ、そうなんだ」「知らなかったー」と、あまり気にしてなさそうだ。

「え、エイル様！　勇者マコトの目的を、知っていましたか？……っえ、知っていた？

「そ、そうですか……はぁ、問題無いと……本当に問題ないのですか？」

よかった、ソフィア王女には水の女神様《エイル》がフォローしてくれている。

あとで俺からも、きちんと説明しよう。

「……」

フリアエさんは、まだ固まっている。

「おーい、姫」

フリアエさんが、俺を信じられない者を見る顔で見つめている。

「……………私の騎士は大馬鹿なの？」

うーん、まあ目標がやや壮大なのは確かだけど。

一個だけ、言えることがある。

「フリアエさんが居ても居なくても、俺は邪神の使徒で、『世界の敵』なんだよ」

ニィ、と笑い俺は言った。


——だから、俺と一緒に世界をひっくり返そうぜ！


（決まった）

完璧な交渉術《パーフェクトコミュニケーション》。

俺的にはナイスな決め台詞《ぜりふ》のつもりだったが、ルーシー、さーさん、ソフィア王女は微妙な表情をしている。

（あれぇ……反応悪いぞ？）

（私はカッコ良かったと思うわよ、マコト）

ですよねぇ、ノア様。

だけど、肝心のフリアエさんの表情は、なんとも言えないものだった。

何を考えているかは、わからなかった。ただ、一言。

「……守護騎士の契約解除の件は、保留にするわ」

ぽつりと、つぶやいた。

引き留めに成功した！　やったよ！　桜井《さくらい》くん！

ルーシーやさーさん、ソフィア王女は白けた顔をしたままだった。うーむ……。


俺たちは、ぞろぞろ連れ立って一緒にギルドへ戻った。

ソフィア王女は護衛の騎士たちも一緒なので、大人数の一団だ。

ギルドの建物内外は、相変わらず飲んだくれで溢《あふ》れている。

さて、どこの席に行こうかな？　とキョロキョロしていると、誰かが近づいてきた。

「ねぇ〜、マコトくぅーん。ちょっと、話があるんだけど」

「エミリー、どうしたの？」

「あんた、珍しく酔ってるわね」

エミリーが赤い顔をさせて、俺とルーシーを自分たちの酒席に引きずり込んだ。

あれ？　ジャンは？　と思ったら床で寝てた。潰されたか。

「魔物の戦っている時に、ルーシーとキスしてたよねー。みんなが必死に戦っているのに、あれは一体何なのかなぁ？」

「み、見てたの！　エミリー！」

「いや、……あれは精霊魔法を使うために……」

俺とルーシーが、あわあわと言い訳する。

「あー！　それ、私も聞いたよ！　マコトくん。いくら勇者だからって、戦闘中に女の子にエッチなことをするのはダメだと思います！　てわけで、私もー」

マリーさんまで絡んできた！　ちょっと、さりげなくキスして来ないで！

押し倒してこないで！　寿命が減って、フラフラなんですよ。

「ヒュー」と煽《あお》ってくる冒険者や、舌打ちをする冒険者。

いつものマッカレンの冒険者ギルドだ。

「おや、そこで押し倒されているのは私の婚約者のようですね？」

冷え冷えとする声が降ってきた。ソフィア王女が、氷のような瞳で見下ろしている。

うん、一緒に居たからね。

俺はマリーさんに押し倒されながら、見下ろしてくるソフィア王女の顔を見上げた。

「……ソ……フィア……サマ？」

マリーさんが一瞬で青い顔になった。

「おい、聞いたか!?」「婚約者!?」「ええっ！」「嘘《うそ》だ、ソフィア様が！」「そんな！」

至る所から悲鳴が上がった。人気ですね、ソフィア王女。

「勇者マコト。英雄色を好むのもよいですが、ほどほどにしなさい」

豚を見るような目で俺を見て、隣を通り過ぎた。

後ろから守護騎士のおっさんや、護衛の騎士が付いている。

ソフィア王女が、守護騎士のおっさんに何か耳打ちした。

「本日の宴会は、この街が救われた事を祝って無礼講だ！　大いに騒ぐがよい！　支払いはローゼス王家が持つぞ！」

おっさんが宣言すると「「「うぉおおお！」」」と冒険者たちが盛り上がった。

そこでソフィア王女が口を開く。

「ただし。そこにいる勇者マコトは、私の婚約者です。今後、彼に近づきたい場合は、私を通しなさい」

ぴしゃり、と言い放った。今後？

「ま、マコトくん〜、私、ギルドの受付嬢をクビになっちゃう!?」

「ソフィア王女はそんなことしませんよ」

「えっ、えっ？　本当？」

「多分」

「多分じゃ困る〜！　もう飲む」

「いつも通りじゃないですか」

勿論、マリーさんがクビになることはなかった。

ギルドの奥にソフィア王女や水聖騎士団員たちの特別席が設けられた。

しばらくは、ソフィア王女と話したり、守護騎士のおっさんに飲まされたりした。

その後、色々な席に呼ばれ飲まれて、別の席に呼ばれて飲まされた。

（いかん、こんなに飲んだのは久しぶりかも……）

ふらふらして、その辺の床に座って水を飲んでいた。隣にジャンが寝かされている。

ルーシー、さーさん、フリアエさん、エミリー、マリーさんは女子会で盛り上がっている。

ギルドの喧噪《けんそう》は、まったく収まらない。これはきっと朝まで騒ぐパターンだろう。

至る所で、今日の魔物のことが興奮気味に話されている。

なんとなく、みんなの会話が聞きたく『聞き耳』スキルを使ってみたところ——おかしな会話が聞こえてきた。

「いやー、大したもんだよなぁ。マッカレンの勇者様は」

「本当、本当。魔物の群れを全滅させた時は、抱いて！って思ったもん！」

「あー、昔ブロンズランクくらいの頃に、私もルーシーちゃんと一緒にパーティーに入れて貰《もら》えればよかったなぁ」

「やめとけって。ソフィア王女に睨《にら》まれるぞ」

「そーそー、今やマコトは次期国王の義兄だからなー」

「しかも、ルーシーちゃんやアヤちゃんも恋人なんだろ？」

「ちっ！　ハーレムクソ野郎が」

過激なことを言ってるのはソフィア王女が婚約発表した時、悲鳴を上げていた男だ。

ソフィア王女の人気は高く、ファンは多い。

「よし！　マコトの二つ名を決めようぜ！　三股勇者ってのはどうだ？」

「いや、俺の予想だとマリーさんや、フーリさんもマコトにヤられてるな」

「……まじかよ。五人の美女を選び放題か」

「ヤリ〇ンだな」

「ヤリ〇ン勇者だ！　マッカレンのヤリ〇ン勇者マコトの爆誕だ！」

「よし！　その二つ名を広めてやろうぜ！」

「「「おー!!」」」

とんでもない濡《ぬ》れ衣《ぎぬ》を着せられていた。

「おまえら！　ふざけんな！」

俺は童貞だ！！！

流石《さすが》に看過できず、その席に殴り込みをかけた。

「ちょ、ちょっとマコト！」

「高月《たかつき》くん、落ち着いて！」

すぐにさーさんと、ルーシーに押さえつけられた。

は、離せ！　あいつらに水弾《ウォーターボール》（ダメージゼロ）を叩《たた》き込んでやるんだ！

頑張って暴れたが、さーさんに羽交い締めにされ、ぴくりとも動けなかった。

「私の騎士があんなに冷静じゃないの初めて見たわ」

「あー、あれは酔ってるね。マコトくん、お酒弱いから」

「はぁ……、今日は勇者マコトと二人きりにはなれそうにありませんね」

そんな声が耳に届いた気がした。

その日は、予想通り朝まで宴会が続いた……らしい。

俺は途中で寝落ちした。

七章　高月マコトは、商業の国へ行く

「タッキー殿。商業の国《キャメロン》へ一緒に行きませぬか？」

家で修行をしながら、黒猫《ツイ》の背を撫《な》でていると友人のふじやんがやってきた。

そして、開口一番のセリフがそれだった。

「商業の国《キャメロン》？」

行ったことが無い国だ。確か水の国《ローゼス》の北方、太陽の国《ハイランド》の更に奥にある国。

「クリス殿が無事に領主となり、拙者も爵位を賜りましたので、支援いただいたフランツ商会の会長殿の所へご挨拶する予定がありまして。タッキー殿もいかがですかな？　は、交易が盛んな国でその王都は様々な文化が入り混じった楽しい街ですぞ」

「へぇ……面白そうだね」

交易都市か。太陽の国《ハイランド》の王都も交易は盛んで人は多かったが、階級社会で堅苦しさがあった。商業の国《キャメロン》は、そういうのが無く自由な気風らしい。

ただ、ソフィア王女からは木の国《スプリングローグ》か、火の国《グレイトキース》へ行くように指示されている。

念のため、上司に確認しておくか。

「かまいませんよ」

マッカレンの教会で執務中のソフィア王女に「商業の国《キャメロン》へ行こうと思うのですが……」と、お伺いをたてたところ、そんな答えが帰ってきた。

ソフィア王女は「ふぅ……」と小さく、ため息をつくと髪を耳にかける仕草をした。

お疲れなのだろうか？

「では、ふじやんの飛空船で商業の国《キャメロン》へ向かいます。一週間ほど水の街《マッカレン》を離れますね」

「折角の機会なので、商業の国《キャメロン》の有力者に挨拶をしておくのもよいでしょう。挨拶状を書きますから持って行ってください」

「わかりました。ソフィア王女」

俺の言葉にソフィア王女は返事をせず、いつもの無表情で俺に近づいてきた。

「ソフィア王女？」

「違うでしょう？」

ソフィア王女が仕事の手を止め、椅子から立ち上がった。

俺のすぐそばに立ち、少し背の低い王女の視線が、何か言いたげに俺に絡みつく。

「ソフィア」

俺が名前を呼ぶと嬉《うれ》しそうに微笑《ほほえ》みながら、俺の目の前に顔を寄せた。

「本当は私も一緒に行きたいのですが……。今の水の国《ローゼス》を離れるわけにはいきません」

「なるべく、はやく帰ってきますよ」

部屋の真ん中で突っ立っているのもアレなので、俺はソファーにでも座らないかと目で促した。

二人でワインレッドのソファーに腰かける。

ソフィア王女の頭が、こてんと俺の肩に乗る。

「私はこんなに寂しがっているのに……あなたは冷たい人ですね」

「そんなことは……」

「冗談ですよ」

ソフィア王女が微笑む。俺は彼女をそっと抱きしめた。

「なるべく早く帰ってきますよ」

「では、出かける前に、いっぱい構ってください……」

耳まで赤くなったソフィア王女が、俺の腰に腕を回し耳元で囁《ささや》いた。

身体《からだ》が熱い。ソフィア王女が潤んだ瞳をそっと閉じた。

流石に、これで何もしない程の朴念仁ではない。

（よし、そこよ！　押し倒せ、マコト！）

（避妊はしなきゃダメよ☆　マコくん）

出歯亀な女神様たちが五月蠅《うるさ》い。ちょっと黙ってください。

「マコト……？」

一向に何もしてこない俺に、ソフィア王女が薄目を開いて見つめてきた。

俺は女神様の声《ざつおん》を振り払い、王女にキスをした。

ソフィア王女がとろんとした目を向ける。

「……マコト。愛しています」

「それは、光栄です……」

初めて会った時の冷酷なソフィア王女は、溶けた氷のように消えてしまったらしい。

「ん……マコト」

ソフィア王女が、さらにキスをねだってくる。

俺は彼女の肩を抱き、それに応える。

しばらくの間、イチャイチャすることになった。

この部屋には鍵がかかっているので、邪魔は入らない。

（ねぇ、こいつらキスしかしてないわよ）

（ノア、あなたの使徒は奥手すぎると思うの）

（あんたの水の巫女《ソフィア》ちゃんこそ、積極性が足りないわよ？）

（そうなのよねぇ、ルーシーちゃんやアヤちゃんは強敵だから、もっと頑張らないといけないのに……）

（フリアエちゃんだって、油断できないわよ）

女神様の声《ざつおん》がうるさい……。

これ、ソフィア王女と結婚したらずっとこうなのだろうか？

俺はこっそり、ため息をついた。

◇

「というわけで、俺たちは商業の国《キャメロン》へ向かいます」

夜になって冒険者ギルドの屋台で、俺とルーシーとさーさん、フリアエさんは夕食をとりつつ明日からの予定について共有した。

「ま、それはいいんだけどさ……」

「高月くん、今日は何処《どこ》にいたのかな？」

「ど、どうしたの？　二人とも」

ルーシーとさーさんの声が冷たい。

「ねぇ、私の騎士。この食べ物は美味《おい》しいわね！」

フリアエさんはマイペースだなぁ。

ちなみに今日の夕食のメニューは、トマト味のパスタと生ハムのピザだ。

「マコト、首筋が赤いわよ？　虫にでも刺された？」

「高月くんの身体から、女の子の匂いがする……」

ルーシーとさーさんに両脇から詰め寄られる。

おや？　なんだ、この取り調べを受けているような状況は？

「魔法使いさんと戦士さんは、私の騎士のことを捜してたわよ。残念ながら、私の騎士は他の女と逢引《あいび》きしてたみたいだけど」

フリアエさんが、ピザをほおばりつつ、ニヤリとした。

「姫？　へ、変な事を言うなよ」

頬を冷や汗が伝う。

ルーシーとさーさんは、鋭い目で俺を見つめてくる。

「誰と一緒だったの？　マリー？　それとも他の女冒険者かしら？」

「さっき冒険者ギルドで高月くんに声かけよう、って話してた女の子たちが居たんだよねぇ……」

ルーシーの紅《あか》い瞳と、さーさんの暗い瞳に詰め寄られ、俺はあっさりと白状した。

「そ、ソフィア王女……です」

「「!?」」

ルーシーとさーさんが口を大きく開けた。

「王女様に手を出したの!?」

「高月くんが、女上司と逢引き……」

「いや、ちょっと待ってくれ、二人とも」

一応、遠出する許可を求めに行ったのだ。まあ、多少は……色々あったけど。

「ソフィア王女ってマコトの婚約者なのよねー」

「はぁ……なら、仕方ないかぁ」

ルーシーとさーさんのトーンが下がった。ゆ、許された？

「商業の国《キャメロン》への旅は一週間くらい往復でかかるみたいだから、みんな準備をしておいて」

夕食が終わり、俺は三人に言った。

「はーい、わかったわ」

「ふーちゃん、旅の準備の買い物に行こうー」

「ええ、でも何を準備すればいいのかしら？」

「フーリの恰好《かっこう》は、目立つからもう少し地味な服を買えば？」

「そ、そうなの？　よくわからないから二人に任せようかしら」

女子三人は、一緒に買い出しに行くらしい。

俺は別に準備するものは無い。必要なものは現地で買えばいいし。

「マコト、私たち買い物に行ってくるわ！」

「こんな遅い時間にやってる店ある？」

「ニナさんに言えば、藤原《ふじわら》君のお店はいつでも開けてくれるよー」

「マジか……」

どうやら『藤原商会』は俺たちに対しては、二十四時間営業してくれるらしい。

つか、ニナさんはふじやんの奥さんだから貴族なんだけどな……。

でもまあ、ふじやんからは遠慮するなといつも言われてるので、俺は買い物に出かける
三人に手を振って見送った。

「私の騎士は来ないの？」とフリアエさんに聞かれ、俺は「用事があるから」と答えた。

俺はギルドの受付に向かい、水の街《マッカレン》を離れることをマリーさんに告げた。

一応俺は勇者なので、遠出する時はギルドに伝えないといけない。

「ええ～、そんなー！　また、行っちゃうのー！」と案の定、文句を言わた。

さらにマリーさんから「仕事上がりまで待ってて！　絶対！」と言われたので、俺は一
人で待つことになった。

冒険者ギルドの屋台で、ぼーっと待っていたら、私服姿のマリーさんがやってきた。

「マコトくん。帰って来たと思ったらすぐに遠くに行っちゃうなんて。今日は閉店まで付
き合ってもらうから！」

「は、はい……出発は明日の午後なので、いいですよ」

マリーさんに腕をぎゅっと掴《つか》まれ、拗《す》ねた顔で言われると断われなかった。

やってきたのは、大迷宮《ラビュリントス》に行く前にマリーさんと一緒に行ったBARだった。

そこで、マリーさんから最近の冒険者ギルドの仕事が多忙なことを愚痴られた。

最近は、魔物が活発化しているからなぁ……。

「お客さん、そろそろ閉店だよ」

マスターから声をかけられたが「まだ、飲み足りない～」とマリーさんが駄々をこねた。

俺とマリーさんは店を出て、開いてる店を探したがなかなか見つからない。

「じゃあ、ここにしましょう。マコトくん」

とマリーさんが指さしたのは、レンガ造りの集合住宅《アパート》だった。そして見覚えがある。

「ここってマリーさんの部屋ですよね？」

「そ、行くわよー」

引っ張られるがまま、マリーさんの部屋で二次会になった。

「はい、マコトくん。ワインのフルーツ漬け。あとは、ナッツとチーズがあったかなー」

「ありがとうございます」

俺はお洒落《しゃれ》なグラスに入ったサングリアをマリーさんと乾杯した。

甘くて美味しい。でも、ワインだから度数高いんだよな……。

酔わないように、ちびちびと飲んだ。

「ねぇ、マコトくん」

「は、はい。マリーさん」

マリーさんが隣に座り、身体を預けてきた。マリーさんの体温が伝わってくる。

（あれ……？　女の人の部屋で二人っきりって初じゃないか？）

ソフィア王女とは、仕事場で二人きりになるが私室じゃない。

ルーシー、さーさん、フリアエさんは大体、最後みんな一緒でワイワイしている。

というか、みんな俺の部屋に来る。女性の私室に行く機会はあまり無い。

急にドキドキしてきた。

「どうして、マコトくんはすぐにどこかに行っちゃうの？」

「その話、何回目ですか？」俺は苦笑した。

もう何度も、勇者の仕事やら女神様の神託（をぼかして）説明している。

「駄目ですー、私が納得してませんー」

「そう言われても」

「マコトくんは、将来ソフィア王女と結婚するから王都に引っ越すんでしょ？　そしたら、もうこんな田舎町には帰ってこないに決まってるんだから、せめて今くらいここに居たっていいじゃない？」

「引っ越しませんよ？　俺は水の街《マッカレン》が好きですから」

「嘘《うそ》ばっかり。男はみんな都合のいい事言うの！」

「それは、マリーさんの昔の男ですか？」

「女の過去を詮索する男はモテないわよー……」

くてっと、マリーさんがこちらにさらに寄りかかってきた。

もうすぐ寝息が聞こえてきそうな感じだ。じきに眠るだろう。

「寝ないわよー、今夜は寝かさないわよー」

「心を読まないでもらえます？」

全然、寝そうになかった。さて、どうしたものか。

「私が最初に目を付けてたのになぁ……。今じゃあ、水の国《ローゼス》に二人しか居ない勇者だし」

「俺が変な二つ名つけられていじられてた時、マリーさんとルーカスさんだけは、仲良くしてくれましたからね」

懐かしい。遠い昔のような気がする。

俺が遠い目をした時「ねぇ、マコトくん」と名前を呼ばれ「何ですか？」と振り向いた。

「んっ」えっ!?

口の中に熱い吐息と、アルコールの匂いが広がった。

――マリーさんに、キスされた。

「へへー、油断したわね、勇者くん」

「い、いきなりですね」

俺は頭が真っ白になりつつ、口元を抑えた。

焦りを誤魔化すため、グラスのワインを飲み干す。少しむせた。

ふふっ、と笑うマリーさんと目が合わせられず、視線が彷徨《さまよ》った。

「えっと……」

俺は空になったグラスに、お酒を注《つ》いだ。

「別にそんな焦らなくてもいいでしょ？」

ふぅ、と色っぽくため息をつかれ、俺の腕にマリーさんの手が絡んできた。

なんか、余裕がある。ルーシーやさーさんと違って。

「駄目よー、他の女の子のこと考えちゃ」

「だから、何でわかるんですか⁉」

この人も『読心』スキル持ってるの？

「マコトくんが、わかりやすいのか……。所詮は童貞。年上のお姉さんにはお見通しらしい。

俺はわかりやすいのか……。わかりやす過ぎるの」

「あ、今のマコトくん、可愛《かわい》い～。初めてギルドに来た時みたい☆」

「くっ、俺が成長していないと!? 俺だって外で経験を積んだんですよ!」

「じゃあ、今日は朝まで付き合ってくれるわよね?」

「望むところですよ!」

俺はマリーさんの挑発に引っ掛かり、夜通し付き合うことになった。


気が付くと、見慣れぬ部屋の床で寝ていた。

あれ……、昨夜はマリーさんの部屋で飲んで……。

それから……、途中から記憶が無いぞ?

マリーさんは、ベッドで寝ている。起こしたほうがいいんだろうか……?

と思っていたら、マリーさんの目がパチっと開いた。

「おはよう、マコトくん。昨日は激しかったわね♡」

「えっ!?」

ま、まさか……俺はついに大人の階段を。

(上ってないわよ、マコト)

(マコくん、途中で寝ちゃったから)

女神様たちが、即レスをくれた。そ、そっかぁ……。残念なような、勿体《もったい》ないような。

「……マリーさん、嘘はダメですよ」

「なーんだ、記憶があったのか。襲っちゃえばよかった」

んー、と大きく伸びをするマリーさん。

薄い部屋着に、マリーさんの身体《からだ》のラインがはっきりと見える。エロい。

マリーさんは、自然な流れで服を脱ぎだした。

「何やってんですか!?」

「え？　シャワーを浴びて、仕事に行くだけよ？」

「脱ぐ前に一言、言ってください！」慌てて後ろを向いた。

「別に見てもいいのに。あっ、一緒に部屋を出るからね！　先に出かけちゃ駄目よ？」

そう言って、浴室に消えていった。

すぐに流水の音と、鼻歌が聞こえる。取り残された俺は、落ち着かない。

(俺も身体と服を洗うか……)

水魔法で、身体と服を綺麗《きれい》にした。

その後、バスタオル一枚でマリーさんが出てきて、再びそっちを見ないよう目を逸《そ》らした。

「ねぇ、今日の下着はどっちがいいと思う？　マコトくん、選んで」

「どっちでもいいです！」

「駄目、マコトくんが選ぶまで着ません」

「じゃあ、黒で！」

「へぇ、こーいうのが好きなんだ？」

マリーさんがニヤニヤしながら、やたら煽情《せんじょう》的なポーズで下着を着けた。

（ほ、本当に昨日の俺は何もしなかったのか!?）

距離感が、明らかにおかしくなってるんだけど!?

マリーさんが作ってくれたサンドイッチを食べる時も、ずっと密着していた。

昨日とは打って変わって、機嫌がいい。

冒険者ギルドが開く、ギリギリの時間まで部屋で過ごし、ようやく俺とマリーさんは部屋から外に出た。

「私は冒険者ギルドに行くけど、マコトくんはどうするの？」

「このまま街の外に停《と》めてある、ふじやんの飛行船に向かいます」

「そっか、反対方向ね。はぁ、行っちゃうのかぁ」

「一週間で帰ってきますよ」

「でもすぐに別の所に行くんでしょ？」

「えぇ、まぁ……」

マリーさんの言葉に、俺は何とも言えない顔になった。

「ま、いいわ。マッカレン《ここ》にずっと居るって昨日は言ってくれたし。信じてるからね」

そんな約束をしたのか……？　俺は。まあ、他の街に行く気は無いけど。

「帰ってきますよ。必ず」

「よし！　じゃあ、頑張って！……ん」

がしっと、頭を引き寄せられ、深くキスされた。

そのまま、十秒くらい時が過ぎた。

「あっ！　やば、もうギルドが始まっちゃう！　行ってきます！」

マリーさんは、パタパタと走っていった。俺は手を振って見送った。

……昔は俺を弟扱いしてたお姉さんと、一夜を共にした。

そこには、えも知れぬ満足感があった。

そう、俺は成長したのだ！　その時。


——頭の中にけたたましい警報《アラーム》が鳴り響いた

少し遅れて、割れるような頭痛に襲われた。

こ、これは『危険感知』スキル!?　い、一体、何が!?

（マコト、絶対わかってるわよね？）

（マコくん……、水《わたし》の女神は悲しいわ……）

女神様の呆《あき》れた声が聞こえる。さながら、それは神様の審判のように聞こえ……。

「マコト……」「高月《たかつき》くん……」「勇者マコト……」

地獄の底から、名前を呼ばれたような気がした。

暗い目をした、ルーシー、さーさん、ソフィア王女が立っていた。

な、なぜここに!?

(マコトが帰って来ないから、迎えに来たに決まってるじゃない)

(ちなみに、ソフィアちゃんに場所を神託しました一☆)

エイル様の密告ですか!?

俺は出発までの間、ソフィア王女にこってりと絞られ、商業の国《キャメロン》へ向かう飛空船内では、ルーシーとさーさんに説教された。

フリアエさんは、俺と関わらないように黒猫《ツイ》と遊んでいた。

しばしの空旅を経て、俺たちは商業の国《キャメロン》の王都『ファゴット』に到着した。

西の大陸北方の沿岸にある、巨大な交易都市である。

魔族たちの巣窟である『北の大陸』と地理的に近いため、三重の城壁に守られた堅牢《けんろう》な都市。そして、西の大陸で最も多くの金融商品を扱っている商業都市でもある。

お隣の土の国《カリラーン》で作成された多くの武器や防具を、西の大陸の各国へ流通させるだけでなく、東の大陸や南の大陸までも、商流経路に含まれる。

そのため多種多様な人種、種族で賑《にぎ》わっている。

「どうですかな、こちらが商業の国《キャメロン》ですぞ！」

ふじやんが指し示す方向には、ひしめく様に建物が密集した巨大都市が広がっていた。

「わー、お店がいっぱいある！」

「ねぇ、アヤ、フーリ。買い物に行きましょうよ！」

「え、えぇ……。凄《すご》く大きな建物が沢山あるのね。凄い……」

ルーシーとさーさん、フリアエさんたちは街の散策をするらしい。

「タッキー殿。拙者は、フランツ商会の会長へ挨拶に行きますが、一緒に来ますかな？

会長の自宅兼お店は、大陸一と言われる品揃《しなぞろ》えですぞ」

ふじやんは、ニナさん、クリスさんと一緒に行動するようだ。

クリスさんが、マッカレンの領主になったことを報告に行くのだろう。

「高月くん、一緒に食べ物の店を探しに行こうよ！　さっき街の観光地図《マップ》を買ったよ」

さーさんに腕を引っ張られた。どちらも魅力的だが……。

「悪いけど、俺は『時の神殿』に行かないといけないから」

お誘いには心惹《ひ》かれたが、ふじやんとさーさんの申し出を断った。

ソフィア王女から、商業の国《キャメロン》に行ったら『運命の女神の巫女《みこ》』エステル様に挨拶をするように言われている。

紹介状を貰《もら》っている大事な仕事だから、初めにやっておいたほうがいいだろう。

「ふぅん、じゃあ私たちも一緒に行こっか？　マコト」

ルーシーが俺に気遣うように尋ねてきた。

「別に俺のことは気にしなくていいよ。運命の女神の巫女《エステル》様って、凄い人気で会うだけで何時間も待たされるって聞いたからさ」

「その通りですぞ！　そもそも会う事すら一般人には難しい御方《おかた》……。拙者も許されるならば、同席したいですぞ……」

「そういえばふじやんは、運命の女神《イラ》様の信者だっけ？」

運命の女神《イラ》様――別名、幸運の女神とも呼ばれる商業の国《キャメロン》の守り神。

幸運の女神様は、商業の国《キャメロン》のみならず国外でも絶大な信仰心を集めており、その巫女もまた信者からの絶対的な人気がある。敬虔《けいけん》なイラ様の信者であるふじやんも巫女に会いたいのだろう。

「旦那様……」「ミチヲ様……」

両隣からニナさん、クリスさんが微妙な顔でふじやんを見ている。

ま、巫女様も女性だ。新婚の奥さんとしては複雑なところだろう。

新婚さんを誘うのはやめておこう。

「俺一人で行ってくるよ。宿は、ふじやんと同じところだよね？」

「ええ、『シィラトン』という高級宿です。地図をお渡ししておきましょう」

「サンキュー、ふじやん」

俺はお礼を言い、時の神殿へと向かった。


「人が多い……」

時の神殿は、大勢の人で溢《あふ》れかえっていた。

ここは、仕事の成功や、学問の試験の合否を祈願するために訪れる人が多いらしい。

神殿の敷地では、御払いようなことをしている神官や、御守りを売ってたりと、日本の有名神社のような様相だった。

一番人気は勿論《もちろん》、運命の女神《エステル》の巫女様で、会うには様々な条件があるらしい。

俺は今回ソフィア王女の紹介状を持っているため、特別枠として面談ができるようだ。

ただし、当日は予定がいっぱいのため、明日にして欲しいと受付係の人から案内された。

時の神殿の最奥の大きな扉の前には、何十人もの行列ができている。

しかも並んでいるのは皆、立派な甲冑《かっちゅう》の騎士やら、豪奢《ごうしゃ》な服装の貴族様たちだ。

（儲《もう》かってるなぁ……時の神殿）

俺はやや不敬なことを考えつつ、明日の面談の約束《アポ》の予約券を受け取った。

これで、本日の予定は終了だ。さて、用事が無くなったからルーシーたちと合流するか、ふじやんたちに合流するか……。

でも、どこに居るのか場所がわからないからなぁ、うーむ。悩んでいた時。

「あら、あなたは水の国《ローゼス》の勇者マコト様では？」

楽器のようによく通る声で、名前を呼ばれた。

振り返ると、輝くような金髪に蒼《あお》い瞳の美しい御姫様が立っていた。

「ノエル王女？」

そこに居たのは、太陽の国《ハイランド》の第一王位継承者ノエル・ハイランド王女だった。

挨拶のため、跪《ひざまず》こうとしたところを、すぐにノエル王女に制された。

「王都を救ってくださった勇者様。そのような堅苦しい挨拶は要りませんよ」

ニコニコとノエル王女は、楽になさってくださいという。気さくだ。

「今日はどのようなご用件ですか？」

「北征計画の件で、エステルさんに用があったので少し時間を貰いました。その分、お待たせしている人たちに申し訳なかったですが……」

おお……俺はソフィア王女の紹介状があっても翌日まで待たされるが、大国の王女ともなると他人を押しのけて優先で面談できるらしい。

「では、失礼します」

ノエル王女の両脇、そして後ろには護衛の神殿騎士団《テンプルナイツ》がずらりと並んでいる。

王女様に立ち話は、失礼だろうと思い去ろうと思った。

が、ノエル王女本人に呼び止められた。

「あら、寂しい。折角のご縁ですし、少しお話ししましょう。本日はどちらの宿にお泊まりなんですか？」

「俺たちはシィラトンって宿ですね」

「私の泊っている所の近くじゃないですか。では、途中までご一緒しましょう」

ノエル王女は大陸最大の王国の、次期国王様だ。断るのは失礼だろう。

「はい、ではよろしくお願いします」

ノエル王女は人見知りな俺でも話しやすく、会話運びが上手《うま》い。

「ところで、ソフィアさんは居ないのですか？」

「ええ、水の国《ローゼス》で仕事が多いようでして」

「大変ですね。最近、魔物の集団暴走《スタンピード》が起きたと聞きました」

「はい、ちょうど俺たちの住んでいる街も魔物の集団暴走《スタンピード》に巻き込まれまして」

「まあ、大変。どうなったのですか？」

「街のみんなと力を合わせて……」

俺とノエル王女は、そんな会話をしながら王都の街を歩いた。


宿への道は、ノエル王女が案内してくれた。

商業の国《キャメロン》の王都はよく訪れるようで、道に詳しいんだとか。

王女様に案内させてよかったのだろうか……。恐縮しつつ、話し相手をこなした。

そして、そろそろ目的地に着きそうになった時。

「高月くん！」

俺の名前を呼ぶ声が聞こえた。

白銀の鎧《よろい》に、明るい茶色の髪、アイドルのような整った顔。

「桜井《さくらい》くん。商業の国《キャメロン》に来てたんだな」

俺も手を振って応えた。桜井くんの隣には、黒髪の美女が立っている。

あれ？　ルーシーやさーさんと一緒に居たはずだけど。

「どうしてここに？」

という言葉を発する前に、ノエル王女がさっと前に走っていった。

「ひ、久しぶりですね、月の巫女《フリアエ》」

ノエル王女が、桜井くんの腕を引っ張っている。

「久しぶりね、私はあなたに会いたくなかったのだけれど。太陽の巫女《ノエル》」

「どうして、リョウスケさんと一緒に？」

「あなたに教える義理はないわ」

フリアエさんは、ノエル王女に当たりがキツイなぁ。

やはり、太陽の国《ハイランド》で幽閉されていた記憶はまだ新しいのだろう。

「さっき友達に会って、高月くんが居ることを教えてもらったんだ」

桜井くんが答えた。友達か……。ふじやんかさーさんあたりかな？

「そう……ですか」

ノエル王女は桜井くんとフリアエさんの顔を見比べて、落ち着きない様子だ。

婚約者が浮気相手と会っていたのを発見したような心地なのだろうか？

ま、首を突っ込むのはやめよう。俺は三人の横を通り過ぎて、宿に向かった。

とりあえずチェックインでもするかな……。

「待ちなさいよ、私の騎士。リョウスケはあなたに会いに来たのよ、どこ行くのよ？」

「え？　あー、そっか。そうだっけ」

いかん、いかん。無意識で厄介事から逃げようとしてた。

「高月くんは、ノエルと一緒ってことは、時の神殿に行ってたのかい？」

「ああ、運命の女神の巫女に会いに。会えなかったけどね」

俺は肩をすくめた。

「僕も会ったことが無いんだよ。凄い御方らしいね」

「へぇ……、桜井くんでもか」

一体どんな人なんだろう？　明日を楽しみにしておこう。

「桜井くんは、いつこっちに来たの？」

「僕は、一昨日に飛空船でここに来たんだけど……」

桜井くんが言葉の途中で、ちらっと隣を見た。

俺もつられて、隣を見た。

「どっか行きなさいよ、太陽の巫女《ノエル》」

「あなたに言われる筋合いはありません、月の巫女《フリアエ》」

「「…………」」

フリアエさんとノエル王女が、一触即発な感じだ。これはいかんな。

「姫、落ち着けって」

「私は落ち着いてるわよ」

そうかな？

「ノエルも落ち着いて」

「は、はい……。すいません、リョウスケさん」

あっちでは、桜井くんがノエル王女をなだめている。

「姫はルーシーやさーさんと一緒じゃなかったっけ？」

「ええ、最初は一緒に買い物をしてたのだけど……あの二人、何十件もお店を回るって言うから、ついていけなくなって帰って来たの」

「あー、ルーシーとさーさん、元気だからなぁ」

冒険者で鍛えているルーシーと、身体能力が図抜けているさーさんのコンビについていくのは、フリアエさんには大変だったようだ。

「そうなのよ。ところで、リョウスケが私の騎士と話したいみたいよ。三人でどこかに行きましょうよ」

フリアエさんが、俺の袖を摑《つか》んで小さく引っ張ってきた。

「うーん、どこかと言われても……？」

商業の国《キャメロン》には、来たばかりで地理に疎い。

思い悩んでいると、ノエル王女が慌てたように割り込んできた。

「お待ちなさい。どうして、フリアエまで一緒に行くのですか!?」

「当り前でしょ？　私の守護騎士なんだから、一緒に行くに決まってるわ」

「な、ならリョウスケさんは、私の婚約者です。当然私も一緒に行きます！」

どうやらノエル王女も一緒に来るようだ。仕事とか、いいのかな？

「あんたねぇ、王族が一緒だと入れる店も限られるし、落ち着いて会話もできないじゃない」

「で、でもっ！」

おっとノエル王女が押されている。

しかし、道案内をしてくれた恩がある。助け船を出そう。

「姫、意地悪言わずに一緒に行けばいいだろ？」

と言うと、フリアエさんに不機嫌そうに睨《にら》まれた。

「あんたどっちの味方なのよ？」

「マコト様……ありがとうございます」

「高月《たかつき》くん、昼食はまだだよね？」

桜井くんが会話の流れを変えるように、俺に振ってきた。

「ああ、そういえば腹が減ったかも」

「じゃあ、一緒に昼にしないか？　勿論、ノエルとフリアエも一緒に」

ノエル王女の顔がぱっと華やぎ、対象的にフリアエさんが「うへぇ」と嫌そうな顔をする。

「姫、美人がそんな顔しない」

「うるさいわね、裏切り者」

フリアエさんに睨まれた。ノエル王女の肩を持ったことを根に持たれたらしい。

「ま、一緒に行こうよ。桜井くん、案内よろしく」

「ああ、わかった」

桜井くんが笑顔で答える。

俺たちは桜井くんの案内で店へ向かった。


連れてこられたのは、意外にも庶民的な食堂だった。

てっきり高級なレストランへ案内されるものだと思ってた。

「こういうお店は初めて来ました」

ノエル王女がもの珍しそうに、キョロキョロしている。

「ねぇ、高くない？　私の騎士」

「こんなもんだと思うよ、姫」

フリアエさんが、メニューを見て眉を潜めている。

マッカレンの冒険者ギルドの安い屋台と比べちゃ駄目だ。

商業の国《キャメロン》の王都のお店じゃ、物価が違うのは仕方ない。

「桜井くん、ここはよく来るの？」

「いや、僕も初めてなんだけど、太陽の騎士団《ソレイユナイツ》の友人に教えてもらった店で、皆の行きつけらしいんだ。高月くんは何にする？」

桜井くんにメニューを渡された。

「んー、とりあえずエールで」

「私は……白ワインかしら」

「僕は高月くんと同じものにしようかな。ノエルはどうする？」

「えっ？　自分で選ぶのですね……、何を選べばいいのか……」

ノエル王女が目を白黒させている。

おお……、流石《さすが》は王女様。普段は、メニューを選ぶ必要すらないのか。

「飲みやすいのはこれかな」

桜井くんがスマートに、ノエル王女を助けている。

それを見ていたフリアエさんが、こっちに振り向いた。

「ねえ、私の騎士。お腹《なか》が空《す》いたわ」

「好きなモノを注文すれば？」

「あなたが選んで」

「俺はこの店に初めて来たんだけど……」

ま、メニューを見れば大体わかるか。

フリアエさんは、肉料理が好きだからハムのステーキと、骨付きの肉を炭火で焼いたものを注文した。

「なんで、こんながっつりしたものばっかり……」

「え？　姫は肉料理好きだろ？」

マッカレンの屋台で、串焼きや分厚いハムを美味《おい》しそうに食べてるし。

「そうだけど、もっとお洒落《しゃれ》なものを頼みなさいよ」

つん、とした顔を向けられた。うーん、難しいな。

桜井くんみたいに、スマートに対応できるとカッコいいんだけどなぁ。

その後、飲み物がそろったので四人で乾杯した。

王女様とこんな気軽に食事して良いのかとも思ったが、ノエル王女は楽しそうだった。

ただし、食べ方がわからないらしく四苦八苦している。

フリアエさんは、マッカレンの冒険者たちと一緒に食事しているので慣れたものだ。

骨付き肉を、ワイルドに頬張っている。もうちょい、上品に食べてもいいのでは……？

「フリアエ、逞《たくま》しくなったな」

桜井くんが感心したように言った。

「ふん、私の騎士が乱雑に扱ってくれるからよ。私は冒険者じゃないのに」

「冒険者じゃないのに、ゴブリン退治に勝手に付いてきたのは姫だろ？」

「ゴブリン退治って……危険じゃないのか？」

「私の『魅了』で何の危険も無かったわ」

得意そうに胸を張るフリアエさんが可愛《かわい》い。

「ああ、ゴブリンキングすら魅了しちゃったからなぁ」

あの時は、焦ってたなぁ、という話を桜井《さくらい》くんとノエル王女が興味深そうに聞いている。

「水の国《ローゼス》は楽しそうですね。月の巫女《フリアエ》」

「あんたにそんなことを言われる筋合いないわ、太陽の巫女《ノエル》」

「……そんな敵意を向けないでください」

「……悪かったわ」

流石に言い過ぎたかと思ったのか、フリアエさんが気まずそうに、ぷいっと横を向いた。

この二人は相性悪いなぁ……。

「お、リョウスケ団長じゃないすか！　来てたんすね。また、新しい女ですかー？　サキ副長がヤキモチ焼きますよー」

若い男が、桜井くんの後ろから声をかけてきた。

太陽の騎士団《ソレイユナイツ》の鎧《よろい》を着ていることから、桜井くんの部隊の騎士だろうか。

「いやぁ、団長はいつもモテて羨ましい、今度の女性はどんな美女………」

若い騎士は、俺たちのテーブルを覗《のぞ》き込み、ノエル王女を見て固まった。

「おいおい、急に黙るなよ。どんな美人だっ……」

別の騎士がやってきて、同じようにノエル王女と目が合って絶句している。

二人とも顔面蒼白《そうはく》だ。

「の、ノエル様!?」

どうやらここに居るのが王女様だと、気付かなかったらしい。

「私に遠慮することはありませんよ」

ノエル王女は、澄ました顔をして答えた。

「失礼いたしました!」

二人の騎士は脱兎《だっと》のごとく去っていった。

「ほら、やっぱり王族が居たら庶民は気を使うって言ったでしょ」

「あれは、そういう問題じゃないと思うけどね」

フリアエさんの言葉に、俺は苦笑した。

「ところで、リョウスケさん。『また、新しい女』とはどういう事でしょう?」

「の、ノエル?」

ニコニコしたノエル王女が、笑顔を絶やさぬまま桜井くんへ質問した。

桜井くんは、引きつった笑みを浮かべた。

「リョウスケさんには、多くの婚約者がいますが……まさか、足りないとは。これはいけませんね」

ゴゴゴ……と音が聞こえてきそうな迫力。ノエル王女が怒ってるなぁ。

「私の騎士、あれが束縛する女よ」

「束縛なのかなぁ……」

俺とフリアエさんがひそひそ話していると、ノエル王女がキッ、とこっちを見た。

「私は束縛なんてしません！　これくらい普通です！」

「どうかしら。私の騎士は魔法使いさんや戦士さんが恋人なのに、ソフィア王女にも手を出してたのに二人とも冷静だったわ。あれが束縛しない女よ」

「ちょっと、待って姫……」

あの後、結構二人から説教されたんですが……。

「えっ!?　ソフィアさんと!?」

「高月くん、相手は水の巫女《みこ》なのに、大丈夫なのか？」

ノエル王女と桜井くんがビックリした声を上げた。

「まあ、水の女神《エイル》様から許可をもらったから……」

いかん、矛先がこっちに向いた。話題を変えなければ。

その時『聞き耳』スキルが、気になる会話を拾った。

「しかし、幽霊船には困ったもんだよ」

「まったくだ。あれじゃあ、商売あがったりだよなぁ」

「高い税金を払ってるんだから、さっさと軍を派遣して追っ払って欲しいもんだ」

そんな会話だ。

幽霊船……。そーいうのもあるのか！

「なぁ、桜井くん。商業の国《キャメロン》に、幽霊船が出るって知ってる？」

「ああ、騎士団の人から聞いたよ。最近の交易ルートに出てくるみたいで、交易船が困ってるみたいだね」

「幽霊船？　そんなもの除霊しちゃえば、いいじゃない。ねぇ、私の騎士。」

「除霊は月魔法ですから、なかなか使い手が居ないのでしょう」

よし、話題が逸《そ》れた。

「ところで、マコト様！　ソフィアさんとはどーいう関係なんですか!?」

全然、逸れてなかった。

ノエル王女が「私、気になります！」って顔で放してくれない。

結局、色々と全部話す羽目になってしまった。


――翌日。

俺は運命の女神の巫女様《エステル》と会うために、時の神殿にやってきた。

指定された時間の三十分前に到着した。

するとなぜか、すぐに名前を呼ばれた。

「こちらへどうぞ。水の国《ローゼス》の勇者、高月《たかつき》マコト様。エステル様がお待ちです」

やや緊張しつつ、俺は扉を開いた。

俺はソフィア王王女の依頼で、挨拶をしにきただけだ。

別に難しいことをする必要はない……はずだ。

部屋の中には護衛がおらず、上品なドレスに身を包んだ女性が一人で座っていた。

不用心じゃないのか？

「高月マコトです」

「知っています。お掛けなさい」

愛想があるとは言い難い、突き放したような口調だった。

俺は運命の女神の巫女《エステル》様の前に座った。

「あの……この度は、お時間を頂き誠に……」

「要件を手短に」

遮るように、言葉を被《かぶ》せられた。せっかちな人だな。

ま、多忙な巫女様だ。さっさと挨拶を終わらせてしまおう。

「ソフィア王女に代わり、水の国《ローゼス》の勇者として挨拶に参上しました。北征計画の立案には、運命の女神様《イラ》が中心になられるとか。実行の際には、精一杯頑張ります」

こんな挨拶に意味はあるのか？　と思わんではないが、水の国《ローゼス》は弱小国だ。

他国への根回しは大事なんだろう。

俺の言葉に、運命の女神の巫女の返事は無かった。

「…………」

じっと俺を見つめる鋭い瞳があった。

「私は困っています」

「？」

何の話だ？

「運命の女神の巫女は、未来が視《み》える。知っていますか？」

「はい、勿論《もちろん》」

有名な話た。運命の女神様《イラ》は、過去から未来までを見通すことができる。

その巫女であるエステル様もまた、未来の一端を知ることができるらしい。

だからこそ世界の命運を決める『北征計画』には、運命の女神の巫女の力は、欠かせない。

「私は全ての未来が視えるわけではありません」

「そうなんですか？」

俺は運命魔法に詳しくない。というか、水魔法以外は素人だ。

「まず、他神信仰者……特に狂信的な信者は、聖神族の力が及ばない」

「蛇の教団、ですか？」

「そうです。悪神族を信ずる蛇の教団の未来は視通せない。まるで、霧がかかったようにぼやけてしまう……」

「……それは、困りますね」

知らなかった。運命魔法も万能ではない……か。

「運命魔法は、万能ではない。仕方の無いことです」

俺の心を読んだかのような言葉を紡ぐ、エステル様。

「蛇の教団は敵。敵の全てを知ることができるなど、都合の良いことは無い。しかし、敵に打ち勝つことができる。正しく、行動しさえすれば」

「はぁ……」

一体、何の話をしてるんだろう？

「じきに大魔王が復活する。今はとても大切な時期です。私たちの行動、ひとつひとつに世界の命運がかかっていると言っていい。ですが、……味方の中に未来が視えない者が居ます」

「……裏切り者が居ると？」

きな臭い話になってきた。

「裏切り者、むしろそれならばわかりやすいでしょう。先ほど、私は言いました。他神信仰者、特に狂信的な信者は、聖神族の力が及ばない……と」

ここでエステル様が、刺すような冷たい眼《め》を向けた。

「邪神ノア……その信徒が、我々の陣営に潜り込んでいます」

げっ!? 矛先はこちらだった!

「ちょっと待ってください！ 俺が水の国《ローゼス》の勇者になることは、水の女神《エイル》様に許可を貰《もら》っています！」

そう、俺は確かに邪神扱いされているノア様の信者だ。

しかし、水の女神《エイル》様に許可を貰っている。だから、問題ないはず。

「困ったものです、水の女神《エイル》様には。よりにもよって邪神の使徒を勇者としてお認めになるとは……」

運命の女神《エステル》の巫女様は「ふぅ」と小さくため息をついた。

「…………」

俺はごくりとつばを飲み込んだ。

「水の国《ローゼス》の勇者高月マコト。あなたに一つ、頼みがあります」

「頼み……？」

この流れで、頼み？ 嫌な予感しかしない。

「ここ最近、商業の国《キャメロン》の海路で、幽霊船が出る……。という話を知っていますか？」

「一応……知ってます」

昨日、食堂で会話を聞いた。

最初は噂話《うわさばなし》程度だったことが、最近では交易の妨げになっているとか。

「あなたに、その幽霊船の調査をお願いしたい」

「なぜ、俺なんでしょうか？」

商業の国《キャメロン》の軍隊は弱くない。大国太陽の国《ハイランド》や軍事国家火の国《グレイトキース》ほどではないが、財務力に優れた商業の国《キャメロン》の軍隊は、装備品などでは大陸一だ。

「すでに三度、幽霊船の調査を行いましたが、全て失敗しました」

「失敗……？」

「件《くだん》の幽霊船は、おかしな幻術を用いるようです。出会った者の証言では、幽霊船と出会った時の記憶を失っているのだとか」

「それと俺の何の関係が……」

「あなたの持つ『RPGプレイヤー』スキル。その能力の一つであう『外世界からの視点』。それがあれば、幻術には惑わされないでしょう」

俺のスキルまでバレてる。

「運命の女神様《イラ》は、全ての民のスキルを把握しています。だからこそ、人材を適材適所に配置することができるのです」

「はぁ……」

まるで心を読んだかのように滔々《とうとう》と語るエステル様。

その時、ふと思い出したことがあった。

俺はポケットから魂書《ソウルブック》を取り出した。そこには、こう書いてあった。


『RPGプレイヤー』……RPGゲームをプレイする人の視点が利用できるスキルだよ。360度、見渡せるよ！　異世界人しか持てない固有《ユニーク》スキルだよ！　ラッキー！

(幸運の女神・イラ)


このテンションの高い文章を書いたのは、イラ様だったのか……。

「コホン」

とエステル様が咳払《せきばら》いをした。

「幻術が効かないあなたに、幽霊船の調査をお願いをしたい。勿論、ただでとは言いません。現在の水の国《ローゼス》は、魔物の活性化で街の防衛に多くの費用が掛かっているはずです。必要な経費を商業の国《キャメロン》が支援しましょう。いいですね？　水の国《ローゼス》の勇者」

問いかけのようで、それは断言だった。俺が断れるはずがないという断定。

俺は、巫女《みこ》の目を見て言った。

「……お引き受けします、運命の女神の巫女様《エステル》」

「ありがとうございます。調査のための軍船は、こちらで手配します。出発は明後日です、必要な準備を済ませておいてください」

話は終わりだと言わんばかりに、巫女エステルは部屋から出ていった。

はぁ……、面倒なことになった。

（ねぇ、水の女神《エイル》。あの子って……）

（うーん、そんなはず無いのだけど……）

ノア様と水の女神様《エイル》の声が聞こえた。

どうかしましたか？

（マコト、気をつけなさいよ）

（マコくん、頑張って☆）

ノア様とエイル様の会話が少し気になったが、詳しくは教えてもらえなかった。

俺は、幽霊船を調査する冒険に巻き込まれることになった。

八章　高月マコトは、幽霊船を捜す

「いい天気だなぁ」

青空の中をカモメが飛んでいる。

俺は商業の国《キャメロン》の港から出発した。

乗っている船は、運命の女神の巫女《エステル》様が用意してくれた、軍用船である。

大型のガレオン船で、多くの砲台が備えてある。いい船を手配してくれた。

こいつなら幽霊船の一つや二つ、吹っ飛ばしてくれそうだ。

しばらく、ぼんやりと空と海を眺めていた。

光が海面に反射してキラキラして、時々魚が跳ねている。平和だ。

その時、後ろから誰かがやってきた。

「船ってこんな感じなのね。ずっと揺れてる……変な感じだわ」

フリアエさんが、強い海風に髪が流されないよう押さえている。

「船酔いとか大丈夫？」

「ええ、平気みたい」

そう言って笑うフリアエさんは、楽しそうだ。

「魔法使いさんと戦士さんも来られれば、よかったのだけれど……」

フリアエさんが、残念そうに言った。

そう、今回ルーシーとさーさんは留守番なのだ。


「「幽霊船!?」」

俺が仲間に次の冒険を告げた時、二人の顔が曇った。

「……マコト、幽霊船って幽霊が出るのよね？」

「そりゃなぁ、出るんじゃない？……ルーシーって幽霊が苦手だっけ？」

「……あんまり、好きじゃない」

そっかぁ。幽霊が苦手なのか。

「さーさんは、平気だよね？」

太陽の国《ハイランド》の王都の地下水路では、スケルトンやゾンビをぶっ飛ばしてたし。

「幽霊はともかく、私、船酔いするんだよね……」

「え？　本当？」

「……うん」

飛空船は良いけど、海上の船は苦手ということだった。

「ちなみに、姫は？」

「私？　船は乗ったことが無いけど、乗ってみたいわ！」

興味深々のようだ。が、うちのパーティーの主力は、ルーシーとさーさんだ。

俺とフリアエさんだけでは、少々不安がある。

が、嫌がっている仲間を無理強いするのも、違う気がする。

うーん、困った……


「高月《たかつき》くん、幽霊船の調査、頑張ろうね。フリアエは、危なそうなら僕か高月くんの後ろに隠れればいいから」

俺とフリアエさんが会話していると、すらっとした男に話しかけられた。

「悪いね、忙しいのに来てもらって」

「高月くんの頼みなら、どこでも行くよ」

きらりと、歯を光らせて笑う幼馴染《おさなじみ》のイケメン。

光の勇者——桜井《さくらい》くんが、臨時パーティーとして参加してくれた。

戦力不足の不安は、あっさりと解決した。よかった、よかった。

「あんたたち、仲良いわね」

「ええ、本当に。マコト様には是非リョウスケさんと一緒に太陽の騎士団《ソレイユナイツ》に入って頂きたいですね」

ノエル王女が、桜井くんの後ろからすっと出てきた。

なんと、ノエル王女まで今回の旅に参加するらしい。

……いいのかな？　こんなところに参加して。

まあ、桜井くんと一緒に居たいのだろう。

「太陽の巫女《ノエル》が居なければ最高だったんだけど」

フリアエさんが不機嫌そうに言った。

「月の巫女《フリアエ》は、船に慣れていないでしょう。船酔いすれば、いつでも降りていただいて構いませんよ？」

ノエル王女もすぐに言い返す。

ジトっとした目で、フリアエさんとノエル王女が睨《にら》み合った。

「あんた、女神教会の仕事はいいの？　こんなところで、油を売っていて」

「いいんです。あなたこそ、戦闘技能は持っていないでしょう？　みなさんの足を引っ張りますよ」

「馬鹿ね、私は月の巫女よ？　幽霊船なら死霊魔法《ネクロマンシー》の使い手が居たほうが、役に立つに決まってるわ。幽霊が出るなら夜でしょうし、太陽魔法は役立たずね」

「夜でも回復魔法や支援魔法は使えます！　あなたよりは役に立ちます」

「あら、言うわね」

「事実です」

「じゃあ、勝負する？　どっちが役に立つか」

「ええ、構いませんよ」

おいおい、フリアエさん。相手は大国の王女だぞ？　何言ってんだ。

ノエル王女も、いちいち喧嘩《けんか》を買わなくても……。

「ノエル、あっちに行こう」

桜井くんが苦笑しながら、ノエル王女を引っ張って行ってくれた。

「フリアエさん、行くよ～」

俺もフリアエさんの手を摑《つか》み、反対方向に引っ張った。

ノエル王女とフリアエさんは、キシャー、と猫のように威嚇し合っている。

仲悪いなぁ……。仲良くしてくれないかなぁ……。


その日は、魔物一匹現れず平和な船旅だった。

夕食中に、船長から船旅の状況を教えてもらった。

初日は順調で、問題の海域には明日に到着するとのことだった。

もともと、殆《ほとん》ど魔物が出ない安全な海域だったらしい。

しかし、幽霊船騒ぎによって交易船は、ルートを変えざるを得なくなったのだとか。

それによって、貿易に遅れが生じているらしい。

（にしても、食事が静かだな……）

きっと太陽の国《ハイランド》の第一王位継承者がいるからだろう。

船長まで、畏《かしこ》まっている。

夕食は真面目な空気のまま終わり、その後俺は部屋に戻って修行をした。


部屋で、修行をしているとコンコンとノックされた。

入ってきたのは、フリアエさんだった。

「どうしたの？」

「揺れると、寝辛《ねづら》いのね……」

少し体調が悪そうだ。船酔いだろうか。

「大丈夫？　寝られそう……？」

「ええ、眠くなれば平気だと思うわ。気を紛らわせるのに少し会話できない？」

「いいよ。何の話をしようか？」

「そう言われると、困るけど……」

「じゃあ、フリアエさんの地元の話をしてよ」

会話に困ったら相手の出身地の話を振るといいですぞ！　というふじやんに教えても

らった会話テクニックを使ってみた。

「月の国《ラフイロイグ》の話なんて聞きたいの？　変わってるわね……」

怪訝《けげん》な顔をしたが、嫌そうでは無かった。

俺はフリアエさんの故郷の話を聞いた。

月の国《ラフイロイグ》の廃墟《はいきょ》は、貧しく楽な生活ではなかったけど、質素に静かに暮らしていたらしい。

故郷にいる友人の安否が心配だと言っていた。

「今度、皆で月の国《ラフイロイグ》に行ってみようか？」

「いいの？」

「勇者の仕事の合間なら」

「そう……」

フリアエさんは困ったような顔をしつつも、声は嬉《うれ》しそうだった。

「ねぇ、私の騎士の故郷の話も聞かせて」

「俺？　前も少し話したけど……」

俺は日本の生活の話をした。といっても、友人が少なくてゲームばかりしていた話だ。

「ふぅん、……それから？」

つまらなくないかな？　と不安になったけど、フリアエさんは終始興味深そうに頷《うなず》いている。

特にさーさんや、桜井くんとの思い出話を語ると楽しそうだった。

そのうち「ふわぁ……」と欠伸《あくび》をしだしたので、「そろそろ寝たら？」と声をかけた。

眠そうな目をしたフリアエさんが、少し上を見た後、ふっと笑った。

「部屋に戻るのが面倒だから、ここで寝ようかしら」

「おいおい……」

ドキリとした。

「冗談よ。ジョーダン」

そういうと、フリアエさんは「おやすみ、私の騎士」と言って出ていった。

くそ、魔性の女め。変な事を言われて、目が冴《さ》えた……。

眠れる気がしない。もう少し修行をするか。

寝酒を持って甲板に出た。さて、どこかいい場所は無いかな……？

真っ暗な中を、俺がフラフラ歩いていると、ヒュン、ヒュン、という風切り音が聞こえた。

『暗視』スキルを使うと、一人の騎士が剣の素振りをしていた。見知った顔だった。

「桜井くん」

深夜なので、小声で呼びかけた。

「高月くん」

桜井くんが、少し驚いた顔をした。

「どうしたの？」

「寝れなくて。修行しながら、月見でもしようかなって」

海は真っ暗だけど、空には無数の星々、それに大きな月が浮かんでいる。

「付き合うよ」

桜井くんは、剣を鞘《さや》に納め俺の隣に座った。

「いいの、素振りは？」

「ああ、千回を超えたから、そろそろ休憩をしようと思ったんだ」

熱心だな。そういえば部活で、いつも遅くまで残ってたっけ？

俺は手持ちのグラスを桜井くんに渡した。

「水魔法・氷生成」

自分のグラスは、水魔法で氷のグラスを作った。

「器用だね」

桜井くんが面白そうに、俺の手製グラスを覗《のぞ》き込んだ。

二つのグラスにワインを注《つ》ぎ、乾杯した。

そういえば昔、飛空船の上でふじやんと同じようなことをしたな。懐かしい。

俺は潮風を感じながら、氷のグラスに入ったワインを少しだけ飲んだ。

隣をみると、桜井くんのグラスは殆ど空いていない。

下戸だから……というのもあるだろうけど、俺は桜井くんの真剣な横顔から何か別の理由がある気がした。

「桜井くん、元気が無い？」

「え？」

俺が尋ねると、桜井くんは驚いた顔をして、少し笑った。

「僕が……大魔王を倒せる唯一の存在らしいから……僕が倒れれば、世界が終わりだって言われてさ」

「!?」

衝撃を受けた。世界が終わる？

「誰がそんなことを？」

「運命の女神《エステル》の巫女様……らしい。話を聞いたのは、ノエルだけど。運命の女神《イラ》様は、未来を視通《みとお》すことができるから……」

「何か桜井くんの負担が重すぎない……？」

「うん……でも、どうしようもないからさ」

俺の顔をみて、桜井くんが笑顔を向けた。

まるで俺に心配をかけないように……。

「助けてくれる仲間は？　今日は横山《よこやま》さんが居ないみたいだけど」

「ああ、今回の用事は戦闘を想定してなかったから、騎士団の人数は最小限なんだ。サキは、別の仕事で太陽の国《ハイランド》に残ってる」

「そっか」

桜井《さくらい》くんは、この世界の最重要人物なんだから、もっとケアしたほうがいいと思う。

俺は、空気を変えるために別の話題を振った。

婚約者の横山さんとは上手《うま》くいってるの？　とか、他のクラスメイトは元気？　とか他愛もない話だ。

桜井くんは、喋《しゃべ》りが上手いからこっちに合わせて軽快に話してくれる。

何でも器用にこなす、幼馴染《おさななじみ》。だけど、さっきの元気の無い表情がどうにも気になった。

翌日の調査があるので、一時間ほどで俺たちは雑談を切り上げその日は就寝した。


——出向から二日目。

そろそろ問題の海域だ。

空は相変わらず晴れているにもかかわらず、暗い。

霧が濃いからだ。数メートル先が視えない程の濃霧。

「ねぇ、私の騎士……」

「瘴気《しょうき》を含んだ霧……。そろそろ出そうだな」

「嫌な気配がするわ。気を付けて」

「姫は、船内に避難してて」

「嫌よ。魔法使いさんと戦士さんに、あなたのことを頼まれてるんだもの」

そうなの？　今知ったんだけど。俺って頼りないかなぁ……。

「ノエル、危険だから船内に居るんだ」

「私は太陽の巫女《みこ》です。自分の身を守ることくらいできます」

「いや、しかし……」

ノエル王女まで外に出てる。桜井くんや護衛の騎士たちが、戸惑っていた。

「負けませんからね、フリアエ」

「怖いなら、隠れてなさいよ、ノエル」

ああ……、意地の張り合いはまだ続いているのか。

まあ、巫女は魔法を使えるし、自分の身は守れると思うけど。

その時、微《かす》かに歌声が聞こえた。

この歌、聞き覚えがある。確か大迷宮《ラビュリントス》で……。

「セイレーンの歌だ！」

俺が叫ぶと、船員たちが慌てて耳を塞いだ。

セイレーンの歌声は、聞く者を『魅了』する。

桜井くんも、耳を抑えている。

「桜井くん。大丈夫？」

「あ、ああ……平気だ」

その割に辛《つら》そうだ。太陽の光があれば、状態異常の魔法は効かないはずだが、この深い霧では光が届き辛いのだろう。

「姫！」

「わかったわ！」

俺の声に、フリアエさんがすぐに反応した。

——月魔法・呪い防御
フリアエさんの声が響く。魅了魔法は、呪いの一種だ。

「ありがとう、フリアエ」

「しっかりしてよね、リョウスケ」

月の巫女であるフリアエさんなら、容易に解除できる。

桜井くんの呪いを解除したと、フリアエさんは次々に他の船員たちにも呪い防御の魔法をかける。

俺が船上を見回すと、辛そうにしている人を発見した。

「ノエル王女」

俺は慌てて、駆け寄った。

「マコト様……申し訳ありません、こういったことに慣れていないので」

「無理ないですよ。もう、船内に避難してください」

「いえ！　私は回復魔法が使えます。怪我人《けがにん》が出れば、役に立てます！」

ノエル王女の視線の先には、船員たちへ呪い防御の魔法をかけて回る、フリアエさんの姿があった。

何もせず隠れているわけにはいかないということだろうか。その時。

「高月《たかつき》くん！」

桜井くんが、俺の名前をよび、海を指差した。


ギィ……、ギィ……、ギィ……、ギィ……


波に揺られ、木がきしむ音が聞こえる。

俺は船の縁から身を乗り出した。後ろからノエル王女がついてくる。

転びそうになったところを、慌てて手を引いた。

「ありがとうございます、マコト様」

「できれば、避難して欲しいんですけど……」

俺は伝えたが、ノエル王女は首を横に振った。

「高月くん、幽霊船だ！」

桜井くんもやってきた。隣にフリアエさんも居る。

「あれが、幽霊船？」

ボロボロの船が、霧の中からゆっくり姿を現した。

その間も絶え間なく、セイレーンの歌声が響く。

船が近づくにつれ、歌声は大きくなってきた。

「変ね……、死霊魔法《ネクロマンシー》の気配がしないわ」

「そうなの？　姫」

「ええ、幽霊船なんて言う割りに、あの船には不死者《アンデッド》なんて乗ってないわ」

「変ですね……、目撃者は口をそろえて幽霊船だと言っているのですが」

ノエル王女の言葉に、俺たちは首を捻《ひね》った。

「高月くん、どうしようか？」

「乗り込んでみるしかないんじゃないかな」

まあ、調査を命じられたからには乗り込むしかない。

こちらの船からは、百メートル以上は離れている。飛び移る、というわけにはいかない。

「桜井くん、飛行魔法使えるよね？」

「ああ、高月くんも一緒に運べるよ」

「姫は、ここで待ってて。ノエル王女、姫をよろしくお願いしますね」

「何でよ！　私も行くわ！」

フリアエさんが同行を申し出るが、いくらなんでもそれは無しだ。

「フリアエ、危険だ。ノエルと一緒に居るんだ」

桜井くんも、フリアエさんを連れて行く気はなさそうだ。

「リョウスケさん、お気をつけて」

「ああ、高月くん、行こう」

俺は桜井くんに腕を摑《つか》まれた。

『飛行魔法』でふわりと、身体《からだ》が宙に浮く。

「私の騎士、怪我しないでよ」

「わかってるよ」

俺たちは、ノエル王女とフリアエさんに手をふり、幽霊船へ向かった。

幽霊船の甲板に降り、俺たちは周りに警戒した。

「誰も居ないな」

桜井くんが呟《つぶや》いた。

「索敵スキルにも反応が無いね」

俺は答えた。船の床は所々腐っており、迂闊《うかつ》に歩けない。

船内に入るための扉は、壊れていた。そっと、中を覗《のぞ》き込む。

――『暗視』スキル
何もない。船内は荒れ果てており、人影も魔物の影もない。

「桜井くん、これってただの難破船じゃない？」

「ああ、だけどこの『セイレーンの歌』は間違いなく魔物のものだ」

霧の中から聞こえる魅了の歌声。これだけは、現実だった。

「どこから歌っているんだろう？」

「声の方向がわかり辛《づら》いんだよね」

色々な方向から歌声が聞こえてきて、場所が特定できない。

「うーん……」

悩んだ末、俺は乱暴な方法をとることにした。

「精霊さん、精霊さん」

俺は水の精霊に呼びかけた。ここは海上だ。水の精霊はいくらでも居る。

((((はーい))))

膨大な魔力《マナ》が集まり、傷んだ船が軋《きし》む。あまり派手な魔法を使うと、船が壊れるかもしれない。

「水魔法・霧よ晴れろ」

俺が魔法を発動すると、船を囲っていた濃霧が一気に消し去られた。

よしよし、成功だな。

「高月くん！　あれを！」

桜井くんが何かを指差した。

その先には、上半身が鱗《うろこ》に覆われ、翼を生やした女の魔物が上空を飛んでいた。

そうか、セイレーンは飛行型の魔物だから船に要る必要は無いんだ。

が、飛び回るセイレーンの後ろにおかしな影が見えた。

小山ほどもある巨体が、水上に浮かんでいた。

そして、さらに目を引くのは巨体から延びる幾つもの首だった。

蛇のように長いそれは、小山からうねうねと気持ちの悪い動きをみせている。

「ヒュドラ……」

桜井くんの呟きが耳に届いた。

ああ、そうだ。竜の身体に沢山の首。こいつは、ヒュドラだろう。

でも、違う。こいつは……。

争いに敗れた首は、食い千切られ、ぼたりと海に落ちるや、赤黒く濁った物体に変質した。

そして呆《あき》れたことに、自身から生えた首同士が、争うように『共食い』をしている。

百を超える首がひしめく様に生え、身体は殆《ほとん》ど見えない。

それはおよそ生物として、真っ当ではなかった。

「忌まわしき竜……」


忌まわしき竜の周りは、汚染されたように澱《よど》んでいる。

「高月くん、どうする？」

「一度、皆の船に戻ろう」

俺は桜井《さくらい》くんに提案をして、桜井くんも同感のようだ。

俺たちは、幽霊船から商業の国《キャメロン》の軍船へと戻った。

すぐに、フリアエさんとノエル王女が声をかけてきた。

「私の騎士！　あの気持ち悪いのは何!?」

「なんと、気味の悪い……」

二人が顔をしかめる。

「忌まわしき竜だ。大迷宮《ラビュリントス》で似たやつと戦った」

「なぜこんな所に居るのかは不明だけど、放ってはおけない」

桜井くんは、戦う気のようだ。

「お待ちください！　二人だけでは……」

ノエル王女が周りを見回すが、船員たちが全員へたり込んでいる。

「ど、どうして……？」

「忌まわしき魔物は、見ただけで戦意を無くしてしまうんですよ」

もともとこの軍船は、調査のためのものだ。戦闘に秀でた者は少ない。

にしても、気を失っている者まで居る。マズいな……。

これじゃあ、船を動かすことすらできない。

「私の騎士。『恐怖』で動けないだけなら、私が何とかできるわ」

フリアエさんが、船員たちを何とかすると言ってくれた。

「ありがとう、フリアエ。高月くん、行こう」

「わかった。サポートするよ」

「ま、待ってください。あの忌まわしき竜は、元はヒュドラではありませんか？　なら、強力な毒をもっているはずです」

ノエル王女が、慌てて俺たちを止めた。

確かに、ヒュドラの毒は有名だ。俺は忌まわしき竜の周りの赤黒く濁った海を眺めた。

もしかしてあれが毒……？　近づきたくないなぁ……。

「リョウスケさん、マコト様」

ノエル王女が手を組み、何かを呟き始めた。

これは、呪文の詠唱？

ほどなくして、俺と桜井くんの周りをまばゆい光が包み込む。

「光の結界です。しばらくの間、毒や魔物の攻撃を防ぐことができます」

おお！　聖級の太陽魔法『光の結界』か！

「ありがとう、ノエル」

「ありがとうございます、ノエル王女」

俺と桜井くんは、御礼《おれい》を言い忌まわしき竜の方を向いた。

桜井くんは、飛行魔法で空中を進む。俺は水面歩行で海面を歩いた。

「高月くん、僕に摑まってくれれば運ぶよ」

桜井くんが申し出てくれたが、俺は首を横に振った。

「分担しよう。俺が正面から囮《おとり》になるから、桜井くんは隙をついて、あいつを攻撃してくれ」

「高月くんが、危険じゃないか？」

「海の上なら、そうそう負けないよ。大迷宮《ラビュリントス》でもそうだったろ？」

心配そうな桜井くんに、笑顔で返した。

桜井くんは頷《うなず》き、飛行魔法で上空へ上がった。忌まわしき竜の背後へ回るようだ。

共食いを続けるヒュドラの忌まわしき竜は、俺に気付いているのかどうか、わからない。

ここはひとつ、派手な魔法を使おう。

「×××××（精霊さん、力を貸してくれ）」

（（（（（（はーい！））））））

多くの水の精霊から返事がくる。みるみる魔力《マナ》が集まる。

ああ、海の上はいいなぁ。水の精霊がいっぱい居る。

――水魔法・八岐大蛇《ヤマタノオロチ》

以前、大迷宮《ラビユリントス》で使った王級魔法。忌まわしき竜にも通じた魔法だ。

「「「「「「「シャー！！！」」」」」」」

八つの首を持つ水の大蛇が姿を現す。

ヒュドラは小山の如《ごと》き大きさだが、こちらも負けてはいない。

水魔法で造った『八岐大蛇《ヤマタノオロチ》』が、忌まわしき竜に襲いかかる。

「「「「キァァアアアアアアア」」」」

忌まわしき竜が、何百人もの悲鳴が合わさったかのような、不快な鳴き声を上げる。

聞いているだけで、正気を奪ってくるような鳴き声だ。

桜井くんは、大丈夫だろうか？

ズシン！　と重い音が響き、忌まわしき竜と八岐大蛇《ヤマタノオロチ》が激突する。

その衝撃で、大きな波が起き、海が荒れた。

二匹の竜が絡み合うように、暴れ狂う。

さて、十分に敵の注意は引きつけたはずだ。あとは……。

――光の剣・閃《せん》

『聞き耳』スキル越しに、桜井くんの声が聞こえた。

カメラのフラッシュのような光が辺りを照らし、次の瞬間には、忌まわしき竜に巨大な光の刃が突き刺さっていた。

「「「ギャァァァアアアアアアア!!」」」

相も変わらず不快な忌まわしき竜の鳴き声が、苦し気な悲鳴に変わった。

よし、倒したか！　と勝利の手ごたえを感じた。

百以上もあった、忌まわしき竜の首は殆どが落ち、身体は両断されている。

あれで生きていける生き物なんて、いるはずが無い。よし、仕留めた。

「「「〜〜〜♪」」」

その時、何者かの歌声が響いた。

聞く者の心を不安にさせる、そんな歌声だった。

──キァァァァアアアアアア！！！！

再び、不快な鳴き声が響き渡った。

忌まわしき竜の身体《からだ》から、ボコボコと泡立ち、次々に首が生えてくる。

その首は、目が無かったり、骨だけであったり、肉が腐っていたり、いずれもまともな姿ではなかった。冒瀆《ぼうとく》的な姿で、忌まわしき竜が復活を果たした。

「高月《たかつき》くん！」

桜井くんが、飛行魔法でこちらに戻ってきた。

「セイレーンの歌声が、忌まわしき竜を復活させてる。先に倒さないと」

「ああ、だけど、数が多い。やっかいだ」

確かに忌まわしき竜の周りを、蝙蝠《こうもり》の群れのように大量のセイレーンが飛び回っている。

「桜井くん、さっきの技はもう一回撃てる？」

「太陽の光があればいいんだけど、この霧じゃあ……」

俺が一度晴らせた霧は、より深くなって太陽の光を邪魔している。

よし、じゃあまずは、水魔法で霧を吹き飛ばして……。

「「～～～♪」」

その時、セイレーンの合唱が響いた。大きく風が吹き、空が薄暗くなった。

「雲……？」

桜井くんが呟《つぶや》く。同時に、ぽつぽつと雨が降り出した。

「天候を操る魔法か」

どうやら向こうは、こちらに『光の勇者』が居ることを認識しているらしい。

気持ち悪い姿で、復活を果たした忌まわしき竜がこちらへと向かってくる。

そして、その周りにはセイレーンの群れ。

俺たちの後ろには、フリアエさんやノエル王女が乗っている船がある。

これ以上、こっちに来させるわけにはいかない。

俺の魔法は、攻撃向きじゃない。

相手を倒すには、桜井くんの魔法剣が一番なのだが、敵の天候を操る魔法によって太陽の光が遮られている。

「やはり僕が……」

策無しで突っ込んで行きそうだった桜井くんを慌てて止めた。

「待った、待った」

天候を晴れに変えることができれば話が早いけど、沢山のセイレーンたちが天気を操る魔法を使い続けている。

真っ向から勝負するのは、危険な気がする。

「よし、桜井くん、巫女《みこ》の手を借りよう」

「え？　ノエルやフリアエの!?　しかし、女の子が危険なんじゃ……」

桜井くんは、巫女に手伝ってもらうのは反対らしい。

うちの仲間は女子ばっかりだから、気にした事無かったな。

「いいんだって、俺はルーシーとかさーさんやソフィア王女にも手伝ってもらってるし。桜井くんも、もっと周りの人の力を借りればいいんだよ」

「そう、かな……？」

どうも、この幼馴染《おさななじみ》は自分一人で何でもやろうとし過ぎている気がする。

俺なんて、一人じゃ何にもできないからな。人の手を借りることに、何の抵抗もない。

俺たちは再び、軍船に戻って来た。

心配そうにこちらを見ているノエル王女とフリアエさんが、立っている。

俺はフリアエさんに近づいてた。

「どうしたの？　私の騎士」

「姫、力を貸してくれ」

「え？　きゃあ!?」

俺はフリアエさんの手を摑《つか》むと、再び海に飛び出した。

「ら、乱暴ね、私の騎士」

「ちょっと、困っててね」

俺の言葉に、フリアエさんが眉をひそめた。

「ピンチなの？　私の騎士にしては珍しいわね」

「時間を稼ぎたい、忌まわしき竜とセイレーンの組み合わせがやっかいでさ」

俺はフリアエさんの手を引き、水魔法の『水面歩行』と『水流』を使い、水上スキーのように海面を移動する。

左から大回りするように、忌まわしき竜に近づく。小山のような巨体が近づいて来た。

セイレーンたちが、俺たちに気付く。

続いて、忌まわしき竜に生えている醜悪な首が、こちらへ襲い掛かってきた。

「あの歌は死霊魔法《ネクロマンシー》ね。でも雑な魔法だわ」

「わかるの？」

「当り前でしょ？　私は月の巫女よ。ふん、少し邪魔してやろうかしら」

フリアエさんが、意地悪そうにニヤリとした。

どうやって？　という質問をするまでも無かった。

「〜〜〜〜♪」

――フリアエさんが、唄《うた》った。

天使の歌声かと錯覚した。

さっきまでそれなりだと思ったセイレーンの歌が、今は雑音にしか聞こえない。

俺は忌まわしき竜の攻撃が当たらないよう、水上を猛スピードで移動しながらも、その歌声に聞き惚《ほ》れた。

「姫は、歌が上手《うま》いな」

「おだてても何も出ないわよ。ほら、あれを見なさい」

フリアエさんが指さす方をみると、「ギャアアアアア！」と幾つかの忌まわしき竜の首が、悲鳴を上げながら崩れ落ちた。

「おお！　あれは姫が？」

「そうよ、死霊魔法《ネクロマンシー》を妨害する歌よ」

得意そうにフリアエさんが、胸を張る。

「次はあのセイレーンをどうにかできない？」

「あんたねぇ……私は直接攻撃するような野蛮な魔法は苦手なの。私の騎士こそ、何かないの？」

「水魔法の攻撃力は、七属性で最弱なんだよね……」

「困ったわね」

俺たちは顔を見合わせた。

フリアエさんの妨害魔法で、忌まわしき竜の動きは鈍っている。

ただし、周りを飛び回っているセイレーンを何とかしないと……。

「にしても、寒いわね。水の国《ローゼス》は暖かかったのに」

フリアエさんが、自身の肩を抱きしめている。

「ん～」その言葉に、閃《ひらめ》いた。

そうだ、ここは西の大陸の最北端に近い。だから、気温が低い。

「よし！　姫、悪いけどもっと寒くするよ」

「はぁ!?」

俺の声にフリアエさんがぎょっとした顔を向けた。

空にはセイレーンが魔法で呼び出した、巨大な雲が空を覆っている。

こいつを逆に利用してやろう。

「×××、×××（精霊さん、精霊さん）」

俺は水の精霊に呼びかけた。

((((なにー?))))という声が返ってくる。

――水魔法・雪風

俺は魔法を発動した。

「な、何をしたの!?　私の騎士！」

フリアエさんが悲鳴を上げた。

ま、そりゃそうだろう。突然、大雪が降って来れば。

「雪を降らせた」

「寒いって言ってるのに、何で雪なのよ!?」

フリアエさんが俺にアームロックをかけてきた。く、苦し……。

「ストップ、ストップ、姫！　ほら、セイレーンが飛び辛《づら》そうだろ？」

俺が指さす方向では、さっきまで忌まわしき竜の周りを飛び回っていたセイレーンがフラフラと雪の中を飛んでいる。

翼や身体に雪が積もり飛び辛そうだ。歌う余裕すら失っている。

くくく。しかし、お前らがこの天気にしたんだ。ミスったな！

「ねぇ！　セイレーンの邪魔ができたのはいいんだけど、どうやって倒すのよ！　いくら雪を降らせてもあの竜は倒せないわよ！」

フリアエさんの言う通りだ。

「大丈夫、時間を稼ぐって言っただろ？　トドメは、勇者に任せるよ」

「勇者ってリョウスケよね……？　こんな天気で平気かしら」

フリアエさんが、空を見上げる。

そこにはさっきよりも厚くなった雲と、深々と降る雪しか見えない。

太陽の光を原動力とする『光の勇者』にとって最悪の天気だ。

その時だった。ピカっと、遠くで光が弾《はじ》けた。

あれは……俺たちが乗ってきた軍船の方向だ。

「桜井《さくらい》くんのことは、ノエル王女が何とかするよ。太陽の巫女なんだから」

「ふうん、そーいうことね」

フリアエさんが、何となく面白くなさそうにつぶやいた。

「というか、本当に寒いわね。私を温めなさいよ」

といって抱きついてきた。柔らかい感覚が、背中全体に伝わる。

「ひ、姫!?　雪は俺が魔法で当たらないようにしてるからさ」

だからそんなにひっつかなくても、と言おうとしたが、言葉を遮られた。

「うるさいわね、雪が身体に降らなくても、寒いものは寒いのよ。いいから、私を温めなさい」

ますます強く抱きしめられた。

い、いかん。魅了魔法なんかは、『ＲＰＧプレイヤー』スキルの視点切替で無効化できるけど、直接的な誘惑にはめっぽう弱い。

えーと、えーと、そ、そうだ！　精霊さん、手伝ってくれ！

――水魔法・豪雪

俺は更なる雪を降らせ、あっという間に海が凍り、歩けるようになった。

そして、俺は雪原の上に二人くらいが入れる雪のドームを作った。

「なにこれ……？」

フリアエさんが不思議そうに、雪のドームの壁をぺたぺた触った。

「かまくら……かな？」

「かまくら？」

俺のいた世界の単語なので、当然のごとくフリアエさんは初めて聞く単語だ。

「寒さをしのぐ、雪国の知恵だよ。暖かいだろ？」

「ん～、私が言った『温めなさい』はそういう意味じゃないんだけど……」

フリアエさんが納得いかないように腕組みしている。

「でも、確かに暖かいわね」

「だろ？　それに、ほら。セイレーンが」

俺が指さす方角には、大雪で飛ぶことができなくなったセイレーンが、ぼとぼとと氷の海に落下している。

「うわ……エグ……」

フリアエさんがドン引きした目をしている。

「結果オーライかな。やっかいなセイレーンが倒せたし」

「ま、まあ確かに……」

俺は軍船のあたりから、膨大な魔力《マナ》の高まりを感じた。

「桜井くんの準備が整ったみたいだ」

カッ！　と目もくらむような光が、一瞬雪を照らす。

よし、セイレーンが弱ってる今がチャンスだ。

「××××！　××××！　（精霊さん！　仕上げだ！）」

（（（（……今日はもう疲れたなぁ））））

やべ、飽きっぽい精霊の反応が悪い。

どうする？　やる気を無くした精霊を説得するのは容易じゃない。

そ、そうだ！　俺は、女神様の短剣を鞘《さや》から引き抜いた。

——水の精霊を短剣に纏《まと》う

レオナード王子に教わった魔法剣の極意。

女神様の短剣が、蒼《あお》く輝き、シャンシャンシャン、と鈴のような音が響く。

そして、それを空に向かって振った。

巨大な青い斬撃が、天に向かって放たれる。

「ちょっと、私の騎士！　そっちじゃないわよ、竜を倒すんでしょ！」

フリアエさんが慌てた声を上げるが、俺は笑顔で振り返った。

「あれで合ってる」

「何を言って……あ」

気付いたようだ。俺が放った、巨大な斬撃が雲を切り裂いた。

雲の隙間から、太陽の光が差し込む。

そして、忌まわしき竜のすぐ上空に小さな人影が見えた。

光の勇者だ。その身体《からだ》が、虹色に輝く。


——光の剣・六閃《ろくせん》！

そんな声が聞こえ、桜井くんの光り輝く魔法剣が振り下ろされた。

さきほど放ったものとは、比べ物にならない濃度の魔力《マナ》を含んだ光の斬撃が、忌まわしき竜に降り注ぐ。

「ッッッ！！！！！！！」

忌まわしき竜は、断末魔の叫びを上げることすら叶《かな》わず、粉々に砕け散った。

同時に辛うじて残っていたセイレーンたちも、全て討ち取っていた。

巨大な光の柱は六本、天に向かって伸びた。あとには何も残らない。

「よし、終わった、終わった」

「あっけなかったわね」

俺とフリアエさんは、凍った海の上を歩き軍船へ戻った。

桜井くんは、飛行魔法で先に戻っていたようだ。

「お疲れ、桜井くん」

「ありがとう、高月《たかつき》くん」

俺たちは「パン！」とハイタッチした。

「そういえば、さっきの技は太陽の光が無いのにどうやって魔法剣を？」

「ノエルに魔力《マナ》を分けてもらったんだ。太陽の巫女《みこ》の魔力《マナ》は、太陽の光と同等かそれ以上の力になるから」

「へぇ……」

なるほどね、普段戦場に居ないノエル王女の力を借りる機会は少ないだろうけど、今回はノエル王女が一緒に居て助かった。

「高月くん！　ところで、フリアエと一緒に忌まわしき竜の近くまで行っていただろう？　あれは危険じゃないのか!?」

桜井くんは、俺の行動が気になったようだ。

「でも、おかげでセイレーンの歌を防ぐことができたよ。忌まわしき竜が死霊魔法《ネクロマンシー》で復活したというのもフリアエさんが見抜いてくれたし」

「うーん、しかし……。やっぱり巫女を前線に連れて行くのは……」

桜井くんと俺じゃあ、見解が違うみたいだ。

その時、誰かが言い争う声が聞こえてきた。

「ねぇ、ノエル。私のおかげで忌まわしき竜を倒せたわね」

「何を言ってるのです。リョウスケさんへ魔力《マナ》を渡したのは私です」

「ふん、軍船で震えていたあなたが？」

「そちらこそ、セイレーンを倒したのはマコト様の魔法じゃないですか。あなたは、雪で震えていただけでしょう？」

「はぁ、あんたよりは活躍したわよ」

「何を言っているのです。私の勝ちです」

ノエル王女とフリアエさんが睨《にら》み合っている。

「あの二人は……」

「仲良くできないのかね」

俺と桜井くんは、喧嘩《けんか》になる前に止めようとそっちに向かった。

「ま、でも今回は助かったわ。私や私の騎士は、攻撃手段が無いし……」

「私の魔力《マナ》を、リョウスケさんに受け渡すのに時間がかかってしまいました……。あなたたちが時間を稼いでくれなかったら、危なかったでしょうね……」

「「…………」」

おや？　ノエル王女とフリアエさんの表情が柔らかくなった。

「ここは冷えますすね。温かいお茶を飲みましょう」

ノエル王女がフリアエさんの手を取った。

「毒なんて入ってないでしょうね」

減らず口を叩《たた》いているが、フリアエさんはノエル王女の手を払いのけもせず、引っ張られている。おお、太陽の巫女と、月の巫女が仲良くなった！

よかった、よかった。俺と桜井くんは顔を見合わせて、笑った。

さぁ、俺も疲れたから何か温かいスープでも貰《もら》おうかな、と思った時。

「あの……水の国《ローゼス》の勇者様」

横から話しかけられた。船の船員さんだ。

「はい、何でしょう？」

「忌まわしき竜を倒していただいたのは、非常に感謝しております。そして、致し方ないことと理解しておりますが……、一つ困ったことが」

「？」

なんだろう？　船員さんは言いづらそうに、口を開いた。

「勇者様の魔法で海が凍っているため、船を動かすことができません……。氷を溶かしていただけないでしょうか……」

「あ」

気付いた。たしかに、海は未《いま》だに凍りついており見渡す限りの雪原が広がっている。

やり過ぎた！　元に戻さなきゃ。お、おーい、精霊さーん……

((((……………………))))

返事が無い。ま、マジか。

精霊は気まぐれだ。喜んで力を貸してくれることもあれば、気分が乗らないと無視されることもある。

今日は既にいっぱい力を借りたから、もう遊んでくれないかも……。

この凍った海を俺一人で元に戻さないと駄目なのか……。

軍船には、水魔法が得意な魔法使いがおらず、俺が泣く泣く対応する羽目になった。

まあ、俺が自分でやったことだからね……。仕方ない。

「……はぁ」

桜井《さくらい》くんが「僕も手伝うよ」と申し出てくれたが、忌まわしき竜を倒してお疲れだろうし、休んでていいよと伝えた。

かれこれ数時間、水魔法で氷を溶かしている。

まだまだ、凍っている部分が大量に残っている。

これは、今日は徹夜コースかもしれない……。

その時、かつかつと後ろから誰かが近づいて来た。

見ると、モコモコのコートを着込んだフリアエさんだった。

「姫、どうしたのそのコート」

「寒いからノエルに借りたのよ」

おお、服を借りるほどの仲に。

「悪いね、まだ氷は溶かせそうにないよ」

「いいわ、一人でやらせているのは申し訳ないから、こっちに来ただけだもの。あと、ノエルとリョウスケの邪魔しちゃ悪いから」

その言葉を聞いて、少し意外に思った。

てっきり、フリアエさんは桜井くんが好きだから、邪魔をしたいのだと思ってた。

その考えが、表情に出ていたのかもしれない。

「ねぇ、私の騎士」

「ん？」

「あなた勘違いしてるわ。私は別にリョウスケをノエルから奪いたいってわけじゃないの。そりゃ、太陽の国《ハイランド》で私が捕らえられた時、唯一味方してくれたから感謝してるけど」

「そうなの？」

「今は、……私の騎士や魔法使いさん、戦士さんも一緒だもの。味方が沢山いるから、……大丈夫よ」

そう言って海を眺める横顔からは、本心は読めなかった。

「はやく帰ろうか。ルーシーとさーさんが、待ちくたびれてる」

「そうね。ねぇ、私も何か手伝えない？」

「んー、でも姫は水魔法が使えないから……」

試行錯誤した結果、フリアエさんと『同調《シンクロ》』して、『魅了』スキルを使うと、水の精霊がいつもより素直に、いう事を聞いてくれることがわかった。

俺たちは一時間くらいで、全ての氷を溶かし、無事に王都に戻ることができた。

エピローグ　商業の国の宴

「幽霊船の調査、お疲れさまでした」

俺は時の神殿で、運命の女神の巫女様《エステル》と向き合っている。

桜井くんやノエル王女も一緒かと思ったけど違った。

フリアエさんを誘ったが、「遠慮しておくわ」と言われた。

「幽霊船の調査は、別にいいんですけどね……。忌まわしき竜との戦いは大変でしたよ」

「ええ、王都中で噂《うわさ》になっています。光の勇者と水の国《ローゼス》の勇者が、商業の国《キャメロン》を救ったと。武名を上げましたね、ノアの使徒」

これは褒めてくれているのだろうか？

相も変わらず冷たい視線を向ける運命の女神の巫女様《エステル》。

俺はその視線を受け止めながら、少し苦言を申し上げた。

「幽霊船を調査したら、忌まわしき竜が居ることくらい教えてくださいよ。正直、ちょっと焦りましたよ。仲間も連れて来ていなかったので。未来……視《み》えるんですよね？」

「…………」

俺の言葉に、運命の女神の巫女様《エステル》は無言だった。

「エステル様？」

「視えないんです」

「え？」

カツカツと床を鳴らし、巫女様が近づいて来た。

冷たい視線が、やや気まずさを含んだものに変わる。

「言ったでしょう？　ノアの狂信的な信者である高月マコト。あなたの未来は視えないのですよ、全く」

「全く……、ですか？」

「ええ、……本当に困ってるのよ」

運命の女神の巫女様《エステル》の口調が、少し砕けた。

「そ、それはご迷惑を……」

「忌まわしき竜が出てくると知っていれば、もっと多くの戦士を手配したわ。今回の幽霊船は、蛇の教団が光の勇者を狙った罠《わな》だったかもしれない。光の勇者を危険な状況にしてしまった……。あなたには感謝してるわ」

そう述べるエステル様は、今までで一番優しい顔をしていた。

「桜井くんなら、強いからどんな敵でも問題無いんじゃないですか？」

「駄目よ、大魔王《イヴリース》を倒せるのは『光の勇者』だけなの。彼はたった一人の切り札。絶対に失うわけにはいかない……」

「じゃあ、俺たちで桜井くんを守らないとですね」

「…………」

俺の言葉にエステル様がジーっとした目で俺を見つめた。

「エステル様？」

「調子が狂うわ。ノアの使徒だから、もっと壊れたやつだと思ってたのに、何で今代のあいつの使徒はこんないい子なのかしら。エイル姉様が『推す』のもわかっちゃうわね……」

ぶつぶつと、話す内容はよく聞き取れなかった。

「運命の女神《イラ》の巫女《みこ》の名において、感謝するわ。何か望む物は無い？」

相変わらずぞんざいな口調だが、最初会った時と違い、エステル様はこちらに気遣ってくれる雰囲気があった。何か望む物……か？

「特に思いつきません」

「そう、じゃあ思いついた時でいいわ」

そう言って、下がるように言われた。

報告のための面談は、あっさりと終わった。

◇

その夜、俺たちはなぜかパーティーに参加していた。

「ふじやん、このパーティーは？」

「忌まわしき竜を討伐した二人の勇者に感謝を伝えたいと。拙者が世話になったフランツ商会の会長のご意向でして」

俺はパーティー会場を見回した。

豪勢な料理と、楽団による流麗な演奏、格調高いドレスに身を包んだ身分の高そうな人々が談笑したり、ダンスを踊っている。

太陽の国《ハイランド》にも劣らぬ豪華さだ。

中でも一番の人混みができているのは、桜井くんを取り囲む人々だ。

隣にはノエル王女が立っている。主役だねぇ。

「タッキー殿も主役の一人なのですが、わかっておりますか？」

『読心』スキルを使ったふじやんからツッコまれた。

「俺は適当に料理を取って、端っこで大人しくしているよ。『隠密《おんみつ》』スキルを使えば見つかり辛《づら》いからさ」

「パーティーで『隠密』する人には初めて会いましたぞ……。のちほど、拙者の恩人のフ

ランツ商会の会長が挨拶をしたいと言われていましたので、その時だけは会ってくださ
れ」

呆《あき》れた顔をして、ふじやんはパーティー会場にいる知り合いに挨拶回りに行った。

俺はなるべく目立たないように『隠密』スキルを使いながら、会場の料理をすこしずつ集めて、一人宴会をしていた。

交易が盛んなだけあって、多国籍な料理が並んでいて目移りした。

ただ、調子に乗って沢山持ってき過ぎてしまった。これ、食べきれるかな……？

「なんで、こんなの所にいるの？　今日の主役でしょ？」

「高月《たかつき》くんを捜してる人たちがいたよ」

露出度の多いドレスを着たルーシーと、可愛《かわい》らしいドレスのさーさんがやってきた。

「商業の国《キャメロン》のご飯が美味《おい》しいから、色々と調査をね」

フランス料理っぽいものから、エスニック、中華、和食らしきものまでバラエティ豊かな料理が並んでいる。そして、全部美味しい。

「そうなの？　私は色んな人に話しかけられて、食べる暇がなかったわ」

「うん、私も水の国《ローゼス》の勇者の仲間なんですね？っていろんな人から話しかけられたよ」

ルーシーとさーさんが、疲れた顔をしている。

商業の国《キャメロン》の人たちは、人脈の形成に積極的な人が多い。

それもあって、俺は隠れていたのだ。

知らない人に話しかけられると、食事してる場合じゃなくなるからね。

「ルーシーとさーさんも『隠密』を使えばいいのに」

「パーティーでそこまでするってどうなのよ……マコト」

「高月くんばっかりズルいー。ちょっと、料理頂戴」

「私も、これ食べていい？」

ルーシーとさーさんが、俺の皿から料理をつまんでいく。

「好きに食べて。どうせ一人じゃ食べきれないくらいとって来たから」

俺たちが、身内でご飯を食べていると、黒いドレスに身を包んだ美女がフラフラとやってきた。フリアエさんだ。

「姫、なんか疲れてるね」

「私の騎士……なんで、この国の人は『月の巫女』でも平気で話しかけてくるのかしら……」

フリアエさんは理解ができない、というようにげんなりした顔をしている。

さっき見ていて、一番人混みが多い集団は『光の勇者』である桜井くん。

次に多いのはフリアエさんだった。

「そりゃ、太陽の国《ハイランド》が月の巫女と協力するって公に発言したんだから、これ幸いと月の巫女と繋《つな》がりを持っておきたいんだろ」

「なんでよ……、私は不吉の象徴と言われている呪いの巫女なのよ……？」

「商業の国《キャメロン》の人達《たち》の基本指針は『とりあえず、仲良くしておく』なんだってさ」

「そう……私には理解できないわ」

疲れた顔で言うフリアエさんに、俺も同意だ。

俺は疲れているフリアエさんのために、いくつか料理を運んできてあげた。

それから、ふじやんの紹介でフランツ商会の会長さんという人へ挨拶して、何名かの大貴族にも見つかったので、しばらく雑談をするはめになった。

パーティーが終わりに近づき、本来は宿に帰るのだが、どうやらパーティー会場となっているホテルに客室を用意してくれているらしい。

一人、一室のスイートルームだった。まあ、折角だから泊まらせてもらうか。

鍵を受け取り部屋に向かおうとした時、ふじやんに呼び止められた。

「タッキー殿、今日の祝宴の後に客室を用意されていると思いますが……極力、一人では泊まらぬようにしてくだされ」

「？　どーいう事？」

一人、一室の部屋を用意されたって聞いたけど。

「間違いなく、タッキー殿――水の国《ローゼス》の勇者に近づきたいという貴族から、ハニートラップを仕掛けられると思いますので。部屋に一人でおりますと、勝手に女性が入ってきますぞ」

「ま、マジですか……」

とんでもないことを言われた!?

「え、何？　今晩は誰と過ごすって話？」

地獄耳のルーシーが俺たちの会話を聞きつけて、割り込んできた。

「じゃあ、マコトの部屋には私が泊まるね」

「ズルい、るーちゃん！　私も行くから！」

「え？　みんなそこなの？　私も行こうかしら」

さーさんとフリアエさんまで加わってきた。全員、同じ部屋に泊まるらしい。

おいおい、折角の豪華な客室なのに……。まあ、いいけど。

俺たちは、ホテルの最上階にある部屋へと向かった。

「わー、広いね！　高月くん」

「見てアヤ、このベッド五人くらい寝られるんじゃないかしら！」

「あら、ここに飲み物や軽食も置いてあるわね」

俺の客室が勝手に、探索されている。

まあ、幸いなのがベッドが恐ろしく大きい所だろうか。

ルーシー、さーさん、フリアエさんが三人で寝ても余裕で余るくらいの大きさだ。

俺はソファーで寝ようかな。

俺は窓から夜景を眺めた。商業の国《キャメロン》は、カジノが盛んで深夜でも街の光が消えない。

酒場も夜遅くまでやっていて、繁華街はずっと騒がしい。

折角、商業の国《キャメロン》の王都に来たんだから、もっと観光をすればよかったな。

ソフィア王女には、一週間で水の街《マッカレン》に戻ると答えたので、移動時間を考えるとそろそろ帰らないといけない。

明日は観光しようかな？　と思っていたら後ろでガチャガチャと音がした。

「何やってるの？　ルーシー、さーさん」

部屋のテーブルにワインやら軽食やら、フルーツの盛り合わせが並んでいる。

ルームサービスとして、客である俺たちが部屋に来る前に用意されていたものだ。

「何って、さっきのパーティーじゃ、私たち全然飲めなかったんだもの」

「そうそう、二次会だよー、高月くん」

君たち、元気だなぁ。あれ？　そういえば、フリアエさんは？

「スー……、スー……」

フリアエさんは沢山の人と話して疲れたらしく、ベッドの真ん中で寝息を立てている。

おいおい、無防備だな……。俺は、フリアエさんに布団をかけてあげた。

「なんかマコト、フーリに優しくない？」

「二人で冒険に出かけて、何かあった？」

じーっと、ルーシーとさーさんが見つめてくる。

「何もないって。忌まわしき竜が出て大変だったし」

二人と乾杯した。

俺はふかふかのソファーに座り、よくわからない綺麗《きれい》な色のカクテルを飲んだ。

部屋の中には、よくわからん絵画やら高そうなインテリアが飾ってある。

料理を置いてあるテーブルは、大理石だろうか。料理皿は金で模様が描かれており、グラスは複雑な装飾がしてあった。何から何まで、お金がかかっている。

（なんか、落ち着かないな……）

場違いな感じがしてしまう。

「どうしたの？　マコト」

「高月くん、元気ない？」

俺の表情を読んでか、二人が聞いてきた。すぐばれるなぁ……。

「この部屋は贅沢《ぜいたく》過ぎて落ち着かないなぁって」

俺が言うと二人がきょとんとした顔を向けた。

「そう？　私は素敵だと思うけど」

「うん、私もこんな部屋なら毎日泊まりたいよ」

「……マジですか」

広すぎる部屋に気後れしている庶民は俺だけだったらしい。

「じゃあ、もっと勇者を頑張って稼がないと。水の街《マッカレン》の屋敷で満足しちゃダメだな」

男の甲斐性《かいしょう》は年収だって、昔なんかの週刊誌で読んだ気がするし。

その時、隣にルーシーがぴとっとくっ付いてきた。

「あら、私は別にマコトと一緒ならどこでもいいわよ」

ルーシーが胸を押し付けてくる、……って、あなたノーブラなんですけど!?

「わ、私だって高月くんが居れば、冒険者ギルドで雑魚寝でもいいし」

さーさんが、対抗するように俺に抱きつく。

「いや、あそこでさーさんをずっとは寝かせられないよ」

「そう?」

それから、ルーシーとさーさんに挟まれながら、まったりと過ごした。

途中、何回かドアをノックされ見に行くと、際どい恰好《かっこう》の女の人が立っていた。

女性は、水の国《ローゼス》の勇者に話があるということだったが、俺の両脇にいるルーシーとさーさんの姿を見て、残念そうに帰って行った。

ハニートラップ……本当らしい。商業の国《キャメロン》怖い……。

ルーシーやさーさんと会話していたが、何だかんだ忌まわしき竜との戦いの疲れがまだ残っていたらしい。

いつも修行をしている時間だったが、俺は気が付かないうちに眠りに落ちていた。

◇

「おはよう。マコト」

「ノア様……おはようございます」

女神様の空間にやってきていた。

「ひゃっほう、マコくん。また、忌まわしき竜を倒すなんて偉い偉い！　これで水の国《ローゼス》の立場がさらに良くなるわ！」

水の女神様《エイル》が抱きついてきた。

「エイル！　マコトを誘惑するのやめなさい！」

「えぇ～、いいじゃない。うりゃ、うりゃ」

水の女神様《エイル》が俺の髪をくしゃくしゃしてくる。

「今回は大変でしたよ。水の街《マッカレン》で集団暴走《スタンピード》を防いで、商業の国《キャメロン》で、忌まわしき竜を倒して。これでしばらくは、平和ですよね？」

やっと、ゆっくりできる。

まあ、木の国《スプリングローグ》と火の国《グレイトキース》へ出かけたりはするわけだが、そっちは挨拶だけだ。

「………………」

ノア様と水の女神様《エイル》が意味ありげな視線を向けてきた。

「それがねー、マコト。どうもまだ安心できないみたいなの」

「てゆーか、今までの騒ぎは、蛇の教団が『真の計画』を隠すための、ダミーの可能性があって……」

「え？」

いやいやいや！　一万の魔物の集団暴走《スタンピード》に、古竜《エンシエントドラゴン》に忌まわしき竜ですよ！

十分過ぎるほど、働いただろ。

「マコくんー、次は木の国《スプリングローグ》に行って欲しいな〜。木の女神《フレイア》ちゃんに、相談されちゃってて」

「はぁ……」

まあ、元々行くつもりだったから問題ないすけど。

「で、どうやら『魔の森』が怪しいらしいわ、マコト」

「魔の森!?」

それは大森林の中央に位置する巨大迷宮《ダンジョン》。

『大迷宮《ラビュリントス》』より、魔物が厄介だと言われる高難易度の迷宮《ダンジョン》だ。

「それはまた……無茶をおっしゃいますね」

「でもね！　勿論《もちろん》、あなたたちだけで行けなんて言わないわ！　木の女神《フレイア》ちゃんが、木の国の民《スプリングローグ》――エルフ族や獣人族にサポートしてもらえるよう、神託しておいてくれるって！」

木の国の住人《スプリングローグ》は、亜人種族が多い。つまりエルフや獣人たちだ。

「そういえばルーシーも木の国《スプリングローグ》の出身か……」

「そうね、ルーシーちゃんは木の国《スプリングローグ》でも有数の大きな里の里長《さとおさ》の孫よ。あと、あの子のお母さんは『木の国《スプリングローグ》の英雄』だから、会っておいて損はないわよ」

「へぇ……」

エルフの里に、木の国《スプリングローグ》の英雄！

なんか楽しみになってきた。

「次は木の国《スプリングローグ》に向かいますね」

「お、やる気出してくれたわね、マコト」

「わーい、マコくん、大好き☆」

「エイルはマコトに抱きつくのやめなさい！」

俺は二柱の女神様に引っ張られながら、意識が遠のくのを感じた。

◇

「んー……」

目を覚ますと、豪奢《ごうしゃ》なスイートルームの一室だった。そうだ、ここは商業の国《キャメロン》の豪華ホテルだった。

巨大なベッドの方を見ると、ルーシー、さーさん、フリアエさんが雑魚寝している。

俺が近づくと、ぴくりと長い耳が動き、ルーシーがパチっと目を覚ました。

「あら、おはよう。マコト」

「おはよう、ルーシー。……なんで、裸なんだ？」

「暑かったんだもの」

知ってる。知ってても、毎回ツッコんでしまう。

「マコトも一緒に寝ればよかったのに。そうすれば、既成事実ってことにして実家に報告できるんだけどなぁ～」

悪戯《いたずら》っぽい笑みを浮かべるルーシー。

その会話で、俺は女神様の言葉を思い出した。

「そうだ、ルーシー。次は木の国《スプリングローグ》のルーシーの地元の里に行くから」

「は？　え？　ちょっと、待って。どーいうこと？」

俺の言葉にルーシーがポカンと大口を開く。

「ルーシーの実家に挨拶に行くって言ってるんだよ」

「えええええええええええええええええっ！！！！」

ルーシーが大声で叫んだ。さーさんとフリアエさんが目を覚ました。

「どーしたの？　るーちゃん」「うるさいわねェ……」

「ま、ま、マコト!?　私の実家に挨拶ってどーいうこと!?」

「駄目なのか？」

「だ、駄目じゃないわよ！　全然、駄目じゃないわ！」

「じゃ、決まりな」

エルフの里か。ファンタジー世界の定番だが、行くのは初めてだ。楽しみだ。

「えっと、これは結納……なのかしら？　顔合わせ？　いや、でもマコトは異世界人だから……。と、とりあえず恋人を紹介するってことでいいのよね……？」

ルーシーが何かぶつぶつ言っている。どーしたんだろう？

（マコトって……わざとやってる？）

（マコくん、悪い男……）

ノア様とエイル様の声が聞こえた。

なんすか。お二人の言う通りに木の国《スプリングローグ》に行く約束を取り付けましたよ？
（…………）
返事が無い。でも、これで合ってるよな？
次の目的地は『木の国《スプリングローグ》』のエルフの里。ルーシーの実家だ。

あとがき

大崎《おおさき》アイルです。『信者ゼロの女神サマ』の五巻を購入いただき、ありがとうございます。

今回は『水の街《マッカレン》』編です。五巻で思い入れが深いのは『マリーさん』『ルーカスさん』です。登場はルーシーよりも早いですが、一巻ではイラストがありませんでした。二人の絵を目にすることができ、非常に感慨深いです。

『水の街《マッカレン》』はWeb版で、当初のプロットに無くて急遽《きゅうきょ》追加した話です。おかげで、文字数が少なくて今回は『商業の国《キャメロン》』編を書き下ろしましたが、いかがだったでしょうか？　Web版では、商業の国《キャメロン》に行っていないので初の登場です。Web版と小説版では、ちょっとずつ変化が出てきました。この調子で、Web版と小説版の両方を読んだ読者様にも楽しんでいただけるような作品にしたいと思います。

最後に、素晴らしいイラストを描いてくださるTam-U先生。コミカライズ版で、可愛《かわい》くキャラを描いてくださるしろいはくと先生。色々アドバイスくださる編集のNさん。そして、応援して頂いているWeb版と小説版の読者様、誠にありがとうございます。これからも『信者ゼロの女神サマ』をよろしくお願いいたします。

作品のご感想、
ファンレターをお待ちしています

あて先

〒141-0031
東京都品川区西五反田7-9-5 SGテラス5階
オーバーラップ文庫編集部
「大崎アイル」先生係／「Tam-U」先生係

PC、スマホからWEBアンケートに答えてゲット！

★この書籍で使用しているイラストの『無料壁紙』
★さらに図書カード（1000円分）を毎月10名に抽選でプレゼント！

▶https://over-lap.co.jp/865547221
二次元バーコードまたはURLより本書へのアンケートにご協力ください。
オーバーラップ文庫公式HPのトップページからもアクセスいただけます。
※スマートフォンとPCからのアクセスにのみ対応しております。
※サイトへのアクセスや登録時に発生する通信費等はご負担ください。
※中学生以下の方は保護者の方の了承を得てから回答してください。

オーバーラップ文庫公式HP ▶ https://over-lap.co.jp/lnv/

OVERLAP

信者ゼロの女神サマと始める異世界攻略
5. 竜に呑まれし水の街

発　行　2020年8月25日　初版第一刷発行

著　者　大崎アイル
発行者　永田勝治
発行所　株式会社オーバーラップ
〒141-0031　東京都品川区西五反田7-9-5
校正・DTP　株式会社鷗来堂
印刷・製本　大日本印刷株式会社

Printed in Japan　ISBN 978-4-86554-722-1 C0193

オーバーラップ文庫
ひとりぼっちの異世界攻略
チートに頼らず、チートを超えろ
“最強”にチートはいらない
高校生活を“ぼっち”で過ごす遥《はるか》は、クラスメイトとともに異世界へ召喚される。気がつくと神様の前にいた遥は、数々のチート能力が並ぶリストからスキルを選べと告げられるが——スキル選びは早い者勝ち。チートスキルはクラスメイトに取り尽くされていて……!?
著 五示正司 イラスト 榎丸さく
シリーズ好評発売中!!